東京フェイクLove♡

この恋は危険

川田レイ
KAWADA REI

幻冬舎 MC

東京フェイクLove♡
この恋は危険

東京フェイクLove♡

目次

Chapter 1

Chapter 2

Chapter 3

Chapter 4

Chapter 5

Chapter 1

東京フェイクLove♡

ハイスペイケメン花川流星との出会い

望月真由子57歳、首都圏の郊外で家族と生活する平凡な主婦である。

地方に住む高齢の父が亡くなり、実家の整理や母の老人ホーム入居の世話をするため、15年勤めたスーパーを辞め、久しぶりの専業主婦生活を送っている。

時間が出来たので、真由子は今までやってみたかった事を少しずつ行っていた。全身の医療脱毛、くすみやシミ取りのレーザー治療。レーザー治療の1ヶ月後くらいに、ぶり返しの色素沈着が出てくることもあるので、時間にゆとりがある今ようやく出来たのだ。

そんなこんなで、3月になっていた。

日差しが気持ちよいうららかな春のある日、真由子はふと、何年も前から気になっていた深夜のテレビ番組で紹介されていたイケメンがマッサージしてくれる店に行きたくなっていた。

お金と時間に余裕が少しだけ出来た今なら遊びに行ける……。

思い立ったら、真由子はすぐ行動に移す派だった。いや今まで何年も行きたかったのを仕事や家庭の用事に追われて忘れていたのだが、暇になって急に思い出したのだ。

なぜ、イケメンマッサージの店に真由子は行ってみたくなったのか？

真由子と夫は、若い頃からＳＥＸレス夫婦であり、寝室もずっと別々でＳＥＸはおろか、抱きしめたり、いたわりあったりのイチャイチャやスキンシップが極端に少ない結婚生活を送っていた。その事に真由子は、長年、大きな不満を抱いていたのだ。がしかし、夫はスキンシップや親密なコミュニケーションを非常に苦手とする男だった。

真由子はあまりに夫にほうっておかれた不満から、40代の頃に出会い系サイトで知り合った10歳以上年下の男性と浮気をした事があった。50歳を過ぎてからはスーパーのパートで一緒になった品出し担当の男子高校生を「品出し王子」と名付けて密かな片想いをしたこともあったが、リアルはその程度で、もっぱら韓国ドラマの人気俳優やＫ-ＰＯＰのアイドルグループをユーチューブで見たり、たまにライブに行って異性にときめく気持ちを満たしていた。

真由子は、若い年下のイケメン男性がタイプだった。それは若い頃から一貫して変わらない真由子の好みだった。

なぜそんなに年下が好きなのか？　それは夫婦生活がなく長年過ごしたため、少女っぽい感性のまま年を重ねてしまったからとしか言いようがない。

そんな中、例のマッサージ店をスマホで検索してみると、都内にはいくつかあった。その中で真由子は以前、民放の深夜番組で紹介されていた「パラダイスアロマ」という店に一番、惹きつけられ、連絡をしてみる事にした。

「パラダイスアロマ」店の公式のホームページには、約10数名のイケメンセラピストの宣材写真が載っていた。真由子はそれを見て、本当にイケメン揃いだと驚いた。

そしてよく写真を見ると、1人とても真由子好みのルックスをしたセラピストを見つけた。

花川流星とそのセラピスト名は記されていた。

(見た目も名前もカッコいいなぁ……でもこれって源氏名なのかな)

真由子は、キラキラネームがぴったりのカッコ可愛い花川流星の写真に目が釘付けになった。

年齢が多少気にはなったが、自分は選ぶ側のお客様、向こうはこっちの年齢や見た目は気にしないだろうと楽観的に考え、お店で一番若くて好みのイケメンくんを指名しようと決めた。

花川流星の紹介文には、カッコ良さとアイドルみたいな可愛さを備えたイケメン君です。容姿だけでなく知的でハイスペックな一面もあります。と記されており、ますます真由子の興味を誘うものだった。

真由子は少しドキドキしながら「パラダイスアロマ」に電話をかけた。

「はい、パラダイスアロマでございます」

「もしもし、初めてで、予約したいのですが」

「有難うございます。どのセラピストを指名なさいますか？」

「花川流星くんでお願いします。今日の午後15時に」

「はい、花川流星セラピストですね、大丈夫です。お店の場所は大丈夫そうですか？」

「はい、何とかスマホで確認しながら行ってみます」

「それでは予約時間までに気をつけてお越しください。もし分かりにくかったら、また電話してくださいね」

「はい、有難うございます」

こうして、意外にも予約はあっさりと取れた。真由子はかなり久しぶりに都心に向かう電車に乗った。天気も良く東海道線の電車から見える海もキラキラとして、何かこれから起こる素敵な事を予感させるようだった。

スマホの地図を見ながら、都心にあるパラダイスアロマの店にようやく真由子は辿り着いた。大通りを右に曲がった道沿いにデザイナーズマンションがあり、その3階の３０２号室の玄関に「パラダイスアロマ」と表札がお洒落に小さく掛かっていた。

（わーここだ。辿り着いたわ、ダメだドキドキしてきた……玄関チャイムを押すの緊張しちゃ

うよー）

　そんな思いで、思い切ってチャイムを押すと、ドアが少し開いて、中から花川流星君とおぼしき青年が白いシャツと黒いズボン姿で出迎えてくれた。

「こんにちはー。どうぞ中へ」

　初めて見る花川流星セラピストは、少し恥ずかしそうにはにかんだ笑顔が可愛らしい、まるで現役のアイドルのようなキラキラした雰囲気で、身長もある程度高くカッコ良さも兼ね備えた、まさに眩しいイケメンだった。

　真由子にとっては、芸能人かそれ以上に見えた。

（凄いイケメンくんだ……ちょっと想像以上だわ……）

　マンションの中に入ると部屋が2つあり、それぞれの扉から入室する。部屋の中はほの暗くシェードスタンドの灯りがあったり、バリ風という感じの壁の装飾や置き物が飾られている。天井からは、プラネタリウムのような照明もつり下がっていた。

「では真由子さん、僕が退出しますのでこちらのガウンに、お洋服や下着なども脱いで、お着替えください。準備が出来ましたらドアをノックしてお知らせくださいね」

　優しく言い残して流星セラピストは出て行った。

真由子は、パラダイスアロマが、イケメン君がマッサージしてくれる店だとは認識していたが、裸になるのは、正直、あまり深く考えずに来てしまっていた。

全部脱いで、肌ざわりの良い厚めの生地のバスローブガウンを羽織った真由子は、ドアを内側からノックしてセラピストに合図を送った。ドアが開いて流星が手招きで真由子をシャワールームに誘い、真由子が足を踏み入れた瞬間、真由子の両肩を流星の両手が優しく包んだ。

「あっ」

「どうぞ、まっすぐです」

真由子はそんなに触れられると思っていなかったので、思わず身体をビクッとさせた。

そして脱衣室に入ると流星が言った。

「シャワーがお済みになりましたら、その棚の上にある紙ブラ、ショーツ、Tバックショーツからお選び頂き着用して、ガウンを羽織って呼んでくださいね」

真由子は、シャワーを終えて脱衣室で紙ブラジャーとフツーのショーツ型パンティを身につけた。２人の子供を出産して子育ても終えた熟女の大きなお尻をTバックショーツで晒《さら》す勇気は到底なかった。

（こんなビキニ水着みたいな格好でアロマオイルマッサージをするんだ……恥ずかしい。そん

な事、予想もしていなかったわ）

真由子には、深く考えたり下準備をせずに行動に移してしまう面があった。よく言えば行動派だが、慎重さに欠けるというか、この性格は50歳過ぎてもあまり変わらないようだ。

真由子がシャワールームから再び部屋に戻ると、いよいよ流星セラピストによるアロマオイルマッサージが始まる。

半裸のような姿になる覚悟をした真由子が後ろ向きでフロアに敷いてあるベッドマットに座ると、

「まず、ハンドマッサージをしますね」

そう言って流星セラピストが真由子の身体に背後から覆い被さるようにハグして、真由子の両手を優しく包んでハンドマッサージが、始まった。

若いイケメン男性に後ろから抱きつかれるように手のひらや指を揉まれる……10年以上男性とまったくと言っていいほどスキンシップなしだった真由子にとっては、衝撃的なマッサージであった。

（す、凄いなコレ。これがあるからパラダイスアロマは、フツーのマッサージサロンと違って料金がお高いんだわ……）

続けてベッドマットにうつ伏せにさせられた真由子のガウンを流星が肩から少しずつ脱がせ、半分露出した背中にホットアロマオイルを塗り、優しくマッサージしていく。甘く華やかな香りのオイルは、流星お勧めのイランイランである。

（あー温かくて気持ちいい……流星くんみたいな若いイケメンに大きな手でゆっくりマッサージして貰えるなんて……）

流星が真由子に身体を密着させるような形もあり、それはまるで恋人にされているような親密な雰囲気の密着マッサージであった。

「私、長年ＳＥＸレスで……。10年以上前は、出会い系で年下男性に会ったりとかしてたんだけど……」

個室で２人きりのせいか、すっかり緊張が解けた真由子は、のっけからぶっちゃけトークを始めた。流星は、ニコニコと優しい笑顔で聞いてくれていた。そうだ、流星くんのことも、知りたい。真由子は流星に質問を投げかける。

「パラダイスアロマの仕事が、本業なんですか？」

「いいえ、大学院を卒業したばかりで、４月から都内の外資系ＩＴ企業にＩＴエンジニアとして、就職する予定です」

「はあ、凄い。大学院卒業の理系でＩＴエンジニアさんになるんだ……」

「はい。でもここも副業として、当分勤める予定ですので、宜しければまた、ご指名してくださいね」

「あっ、そうなんですねー、良かった。こちらのお仕事も当面続けてくれて」

（にしても、都内にはこんな絵に描いたようなイケメンでハイスペックな人、本当にいるんだ。まるでドフマに出てくる人物みたい……郊外の平凡なパート主婦の私とは、別世界の人って感じ……。ここに流星くんが勤めてなかったら絶対に出会う事はない人だわ）

そんな思いが、真由子に浮かぶ中、今度は流星が話し出す。

「理系ですけど、僕はフランス文学や哲学が好きなんです。ちょっとマニアックですけど、マルキ・ド・サドが好きで、彼の作品を翻訳したフランス文学者で作家の澁澤龍彦の作品も愛読しています」

「澁澤龍彦……聞いたことはある気がしますけど……あの渋沢栄一と何か関係がありますか？」

真由子は、かろうじて知っている実業家の渋沢栄一の名前を言ってみた。

「親戚ですね。澁澤龍彦は知らなくても、『悪徳の栄え』とか、サドマゾは知っているでしょう？サドマゾを日本に紹介した人なんです」

「そうなんですね。あの有名なサド侯爵がマルキ・ド・サドで、彼を日本に広めたのが澁澤龍彦。何となく分かってきました」

「僕は快楽主義に興味があったので、その関連の哲学書もよく読みました」

(流星くんは本もよく読む知的な男子なんだわ。私も文学は好きなほうだし、サガンの小説は高校時代によく読んだわ。実は過去世があるなら私はフランス人だったかもって感じているから、流星くんと私はどこか共通点があるのかもしれない……)

流星は、楽しそうにマッサージしながら話を続ける。

「僕はお酒が好きで、中でも日本酒が好きなので秋田の日本酒が出るお店とかによく行きますけど……良かったら、真由子さん今度一緒に行きませんか?」

(えっ、いきなり日本酒飲みに居酒屋のお誘いだわ、びっくりするんだけど……)

「日本酒ですか? 私、残念ながらお酒そんなに強くないんですよ」

「あー、お酒はあまり得意じゃないんですか? だったら、お食事でもいいですよ。凄く楽しいと思うから」

(今日初めて来たのに何かデートの誘いみたいなのしてくるなんて積極的。こんな超年上の私に、いったい何でなんだろう……)

真由子は、嬉しいというより、住む世界が違う都会のハイスペイケメンに食事デートを誘われるという思いがけない出来事にドギマギと戸惑うばかり……。流星からは、さらに意外な言葉が続く。

「僕は、舞台俳優やってる友達がいて、去年の2月に男3人で韓国に美容エステを受ける旅行に一緒に行きましたよ」

「韓国は、私も大好きです。てか去年の2月なら私もその月に娘と韓国に行ってます。一緒のタイミングですねー偶然」

（にしても舞台俳優がお友達とか、繋がってる友達も、流星くんは何か違うなぁ。私なんかとは別世界のヒトって感じだ……）

目の前にいる花川流星セラピストは、宣材写真の通称パネマジ（主に風俗業界において、加工をかなりして実物より良く見せる事）のような事は一切なく、むしろ写真以上。色白できめ細やかそうな肌、顔立ちも現役の俳優やアイドルに勝るとも劣らないくらい整っており、しかも賢そうな受け答えと相まって、魅力的という以外の言葉が見つからないくらいの存在だ。こんなイケメンと個室に2人っきりで過ごす空間は、人生の大半を地味に過ごしてきた真由子には、まるでワンダーランドに迷い込んだようだった。

すっかりハイスペイケメン花川流星の魔法にかけられた真由子の、初めての2時間コースは、あっという間に終了した。

シャワールームでアロマオイルをさっぱりと洗い流して帰るマンションの玄関前で、流星は、優しく輝く、眩しい笑顔を真由子に見せて言った。

「真由子さん、今日は大変有難うございました。またぜひいらしてくださいねー」

「あっ、はい、ぜひまた流星さんを指名させて頂きます。凄く楽しかったです。本当にカッコよくてドキドキしました」

こうして真由子の初めてのパラダイスアロマと花川流星との出会いの時間が終わった。

真由子は、先ほどまで過ごした夢のような時間に頭がぼーっとしたまま電車を乗り継ぎ、都心から1時間以上離れた湘南の自宅に帰りついたのだった。

帰ってからも、パラダイスアロマ店の公式のセラピスト個人ＬＩＮＥで、花川流星とは繋がっている。そこがまた真由子にとっては嬉しいことだった。

刺激的で、かつ衝撃的な魅惑のハイスペイケメン花川流星と出会った翌日、ふと気がつくと真由子は流星公式個人ＬＩＮＥを開いて彼に雑談ＬＩＮＥを送ろうとしていた。流星セラピストの事をもっと知りたい、でもどこまでなら教えてくれるんだろう……。

『流星くん、こんにちは～。昨日は初めてパラダイスアロマに行って、流星くんを指名して本当に良かったです。宣材写真以上にカッコよくて、可愛かったので、ずっとドキドキしっぱなしでした。会話も本当に聞き上手で流星くんのお話は、とても知的で、リアルに東京にはこんなハイスペイケメンがいるんだなぁって思って、何だか夢みたいな時間が、あっという間に過ぎました笑』

真由子がＬＩＮＥを送信して１時間ほどで流星から丁寧な返信が返ってきた。真由子は気持ちがウキウキと浮き立つのを感じた。

『真由子さん、昨日はご指名くださり誠に有難うございました。僕も真由子さんに会えて、本当に楽しかったですよ。東京のハイスペイケメンですか、僕がですか？　笑。そうなのかなぁ……でもそう言って頂けるとは光栄ですね。真由子さん、またぜひ遊びに来てくださいねー。お待ちしています♪』

翌日また、真由子は流星にＬＩＮＥを送った。

『流星くん、こんにちは、昨日は返信有難うございました。何だか嬉しくてウキウキしちゃいましたー笑。それでさらに流星くんの事をもっと知りたくなってるのですが、私、実は西洋占星術占いがセミプロレベルで得意なんですよー。個人情報になりますけど……流星くんが差し支えないなら、私との相性とか性格を調べてみたいので教えて頂きたいのですが……』

数時間後に流星から返信があった。

『へー真由子さんは占い得意なんですねー。じゃあ僕の性格を調べて貰おうかな笑。誕生日は1997年3月6日夜中の2時生まれ、血液型はA型です。楽しみだなぁ……何て言われるんだろ……』

『わー教えてくださって有難うございます。魚座さんですね、私は蠍座なので水のグループの星座同士で、相性とっても良い感じです笑。東洋占星術から観ても、春生まれの命で、周囲の人に穏やかで温かいって書いてあり、アロマセラピストみたいな接客業に凄く向いてる星ですねー！』

数時間後。

『わー、占ってくれて有難うございます。誕生日は物理の元素番号と一緒の字の並びがあるので密かにそれが気に入ってます笑。割と良い事ばかり書いてありますね、逆に僕の欠点や気をつけた方がいいポイントなどありましたら、教えてくださいね』

その返信を読んだ真由子は、良い結果だけでなくマイナス面も知りたいと訊ねてくる所が、流星くんはやはり賢い感じがするなぁと感心した。

『返信有難うございます。そうですね、流星さんは、いろいろな方と接して飲食しながら会話したりがとても好きなので、仕事や恋愛などの大事なコトは、全部話さずちょっと秘密にしておく方が成功まで導かれる……って感じです』

数時間後。

『有難うございます。そうですか。僕は仕事のプロジェクトとか機密事項を、うっかり話してしまわないように気をつけないとなんですねー。お酒飲んだら誰でも話が弾むから、いいアドバイスです笑。有難うございました』

『そう言って頂けたなら占って良かったです。ところで2度目の予約をさっそく取りたいんですけど……今度パラダイスアロマに行ったら頼みたいコトがありまして。私、韓国ドラマをよく見るんですね、ドラマの中でイケメン俳優が相手役の女優をめちゃロマンチックにバックハグするシーンとかありまして、アレにずっと憧れてるんです。流星くんに、パラダイスアロマのハグの中にバックハグを取り入れてやって貰うのリクエストしてもいいですか？』

『へー真由子さんは韓国ドラマがお好きなんですねー。バックハグかぁ……僕も何だかドキドキしそうですけど笑……。パラダイスアロマでは恋人感覚の接客なので大丈夫ですよ。よーし！ 次回は真由子さんに、うんと優しくしちゃおうかなぁ……笑笑』

流星からの気持ちよいバックハグ承諾のＬＩＮＥを受け取り、真由子は1週間後に予約を入れる事にした。

初回の2時間はあっという間に過ぎたので、真由子は次は倍の4時間もロングで予約を入れた。

（これで流星くんにたくさんマッサージとハグ、そして会話やお茶飲んだりゆっくり出来る……）

真由子は、2度目のパラダイスアロマに行くことが、とんでもなく楽しみになった。


マンションの玄関のチャイムを鳴らすと、中から流星が出迎えてくれた。

「真由子さん、いらっしゃいませー、お久しぶりですねー」

「あっ、はい」

地方に住む母の老人ホームのことで、真由子は急に実家に帰ることになり予約の日を変更したため、流星とは2週間ぶりの再会となったのだ。今日は4時間もあるので、シャワーを浴びてから、まずソファに2人で腰掛けて、会話から始めた。今度会ったら韓国ドラマみたいに、ロマンチックなバックハグをお願いします。そんなとんでもなく恥ずかしいお願いをした事が真由子は気になってしまい、流星からうんと離れてソファの端っこに座り、しかも流星に背中を向けたまま真由子は話し出した。

流星の声が前回と違って枯れたようなハスキーボイスだったので、どうしたのかと訊ねた。

「いやーすみません。昨日の夜、新宿2丁目で仲間4人と飲んで、飲み過ぎましたー。ビールを1ケース、ワイン、ウィスキーどれくらい飲んだか覚えてないくらい飲んでしまって……」

ずいぶんと豪快な飲みっぷりだこと……真由子の周りには、今までいなかったタイプの男である。ごく自然に流星からは、新宿歌舞伎町、2丁目など刺激的な夜の街の名前が出てきた。

「流星くんは以前、歌舞伎町でバーテンをされてたんですか？」

「あーそうなんです。大学生の時、3年ほど働いてました。高校卒業して大学に行く時、母から、ウチにはあまりお金がないから自分で学費や生活費をなるべく稼いで欲しい……って頼まれたんで」

「えっ、それで……」

「それで実家を出てから、横浜の祖母が持っている家に住まわせて貰ってバイトしながら大学に通ってました」

「そうだったんだ……」

「そのうち都内に部屋を借りて、歌舞伎町のバーテンとか複数バイトしながら、生活費、学費、全て稼ぎました。大学院を出る頃までには、貯金もけっこう出来てました。本当は外国の大学院に留学したくて、頑張って貯金したんですけど……足りなくて留学は断念したんです」

真由子は、目の前の流星が、急に大人っぽく見えてきた。そんな苦労をして大学院まで出た青年だとは。可愛いまるでアイドルのような容姿の流星から、そんな話を聞くのは意外でしかなかった。

さらに流星は学生時代の話を続けた。

「まぁ、バーテン時代は、夜から夜明けまで働いて、寝ないで学校行って、夕方2時間寝てまた働いていたので、本当は大変でしたけど……」

落ち着いて静かに語る流星に、真由子は何か凄味のようなものを感じた。真由子の初恋の相手も、実家に頼れないのでバイトをしながら国立大学を出たので、流星にそのイメージが重なった。

「子供の考えだったかもしれないですけど……親に、じゃあ自分でやってみるよって出て来たから、後に引けなくてですね……笑……」

「流星くんって可愛い見かけと違って、か弱い所が、これっぽっちもないんだね」

ひと呼吸、間を置いて流星が言った。

「男なら、その方が良くないですか？」

（ガーン、流星くん、カッコ良過ぎてびっくり……ドラマでイケメン俳優の言う台詞より、今カッコ良かったんだけど……）

真由子は、流星の学生時代に感動していた……。

「わ、わたし流星くんのこと好き……ていうか、もう惚れてしまいそうです」

真由子が思わずそう言ってしまうと、流星は吹き出しそうになりながら首を横に振った。

「いやいや、そんな……」

真由子は、苦労を物ともせず、難関大学の大学院まで出ている流星は、ただのイケメンセラピストではなくて、スーパーヒーローみたいな感じにも思えて圧倒されてしまったようだ。

（ちょっと流星くんは、凄過ぎる……でも運動とかは苦手かもしれないし、どこかしら弱点はあるでしょう）

そう思って真由子は唐突に質問してみた。

「えっ、でもスポーツとか出来ますか？」

「中学、高校と硬式テニスやってました。大会とかも出ましたよ。大学時代はキックボクシングもやってました」

完璧、パーフェクトだった……。花川流星という男のイメージは、非の打ち所がないものとして真由子の胸に刻み込まれたのだった。


流星は、身長は175センチで程よく高く、よく見ると白いシャツと黒いズボンでシュッとして見えても、案外と逞しい、程よく筋肉質な体つきをしているようだった。

流星との会話で1時間があっという間に過ぎても、真由子はソファで後ろ向きに俯いたまま恥ずかしさで、もじもじとしていた……。

その時だった、不意に真由子の両脇に流星の両腕が差し込まれ、真由子の身体はグッと流星の腕の中に引き寄せられ、後ろからしっかりと抱きしめられる形になった。

「これでいいですか？　真由子さんこの前、ＬＩＮＥで今度会ったらバックハグして欲しいって言ってましたよね。あー、落ち着けるなあー、ずーっとこうしていたい。貴女といると俺は落ち着けます」

不意に流星から、そんな言葉を言われて真由子は驚いた。それから流星は真由子をゆっくりとマットに寝かせてバッグハグの体勢を続け、真由子の胸の敏感な部分を刺激するように指を動かしてきた。

真由子は、さらにびっくりして声が少し出そうになった。すると流星は腕を胸から下げ普通のハグに戻したのだった。

「あの、流星くんとくっついて思ったんですけど、2人の身体がぴったりしてフィット感が凄くないですか?」

「俺もそう思います」

そう認めあって、2人は後半2時間のアロマオイルマッサージを飛ばしてずっと抱きしめあった。

真由子は流星にしっかり抱きしめられ、忘れていた女性としての気持ちが甦って、完全に恋に堕ちてしまったのだった。


3月も後半になっていた。真由子は流星に3度目の予約を入れた。今までは駅からアクセスの良い渋谷店だったが、予約で満室のため、新宿の西口から少し高層ビル街を歩いて抜けた所にある新宿店での予約となった。

新宿店が入居しているのは、白を基調としたデザイナーズマンションでオートロックだった。エントランスのインターホンで5階の504の番号を押すと、

「お待ちしてました。ドアが開きますのでエレベーターで504まで上がってくださいね」

504の部屋のドアが開いて中から流星が顔を覗かせた。この前、渋谷店の部屋で長く抱きしめあった流星は、セラピストというより真由子の目には、付き合い始めたばかりの彼氏に見えた。それにしても流星は、相変わらず極上のイケメンである。

新宿店は渋谷店に比べるとやや狭目だが、その分建物自体が新しいようでキレイな室内である。

真由子は山手線に乗り換える品川駅構内にあるベーカリーでサンドイッチをテイクアウトしていた。ボリュームがあるカツやローストビーフのサンドイッチに、ビジュアル映えの可愛いフルーツサンド……施術前に2人してこれで腹ごしらえをするつもりだっただ。

「わー、サンドイッチ美味しそうだ。実は長い時間、予約連続だと食事を取る暇もないんで助かります」

「良かったー。そんなに喜んでくれて。一緒に食べましょう」

カッコいい流星が真由子のすぐ横に居るだけで胸がいっぱいになり、食べやすいフルーツサンドを真由子が頬張って食べて、ふと流星の方を見ると、ニコニコしながらカツ、ローストビーフ、野菜ハムサンド、真由子に残さず全部あっという間に平らげていた。満足げな流星の薄い唇を見て、何だかたまごを飲み込む蛇みたいだと真由子は思った。

流星は大蛇、真由子は野兎。大蛇の流星にこれから真由子は絡みつかれ飲み込まれてしまう運命だった事は、後から真由子も分かるのだが、流星の前ではまるで無防備な真由子は、

（おっとりとした雰囲気だけど、やっぱり24歳の若い男の子、食欲旺盛だしあっという間に食べちゃうんだ、可愛い……）

若い流星の健康的な食欲にただ感心するのだった。

今日は昼から夕方の16時まで4時間予約していた。真由子には、恋する流星と少しでも長く一緒に過ごしたい気持ちしかなかった。最初の2時間は温めたホットアロマオイル、流星の好きなイランイランの香りに包まれながら、可愛い雰囲気ながら手がしっかりと大きな流星の力強いマッサージを堪能する。2時間近いマッサージが終わってからは、2人はベッドパットに並んで添い寝しイチャイチャしながら、いろいろな雑談をしながら流星からハグを繰り返しして貰う。まるで恋人同士のような甘い時間を過ごして真由子は、うっとりと満足していると、
不意に流星が言った。

「あー、もう、何だか我慢出来なくなるなぁ……。店舗でマッサージする以外に、実は出張もやっててホテルにも呼べるんですよ、セラピストを」

店のホームページをそこまで読み込んでいなかった真由子は、出張ホテルマッサージがパラダイスアロマにあるのを知らなかった。

「あ、そうなんですか、ホテルって普通のビジネスホテルとかで私が待っているんですか？」

「そうです。ビジネスホテルやラブホテルにお一人で先入りして頂いて、セラピストが予約時間に部屋までお伺いして、アロマオイルマッサージをさせて頂きます」

「へぇー、そうなんだ。そんなシステムがあるんですねー。流星くんがそれがいいならホテルに出張マッサージで来て貰うの、次考えてみます」

（ビジネスホテルは、1人で泊まった事もあるけど……ラブホテルはいつも男性と一緒に入ったから、1人で先に入るなんてイメージ出来なかったわ……）

真由子には、新鮮な提案だった。

（でも、ホテルに流星くんを呼んでマッサージして貰うなら、マンションみたいに隣りの部屋を気にしないで、イチャイチャ出来るなぁ。それに流星くんは我慢出来ないって言ってきたし、もしかしたら、流星くんは私にもっと男女の深いコトを迫りたくて、ホテルの出張マッサージを希望してるのかなぁ……。57歳にもなって若いイケメンにそんな事、望まれるなんてまさかね……）

真由子は、流星がホテルに出張してマッサージしたいと告げてきたのを、不思議に思うと同時に、ホテルに男性セラピストが後からやって来るのは初めての経験だから、それに挑戦してみてもいいかな……と考えながら、新宿から湘南の自宅に帰った。

花川流星に絶賛ハマリ中の望月真由子は、芸能人を多く輩出している九州最大の都市で生まれ育った。卒業高校の先輩にも大物芸能人がいた。

真由子が中学生になってすぐ、地元のデパートで行われた、ある歌手のイベントに立ち寄った時、歌手のマネージャーから、

「お嬢さん、顔立ちがいいね。良かったら会社に連絡ください」

と名刺を渡された事があった。真由子は内心非常に驚いて帰って両親に報告したが、それ以上の進展はなかった。真由子は地元の短大を卒業後、地元で2年ほど働いたが、大都会への憧れが強く、横浜の独身寮のある会社に転職した。それから数年経った頃、今でいう婚活パーティーみたいなものに参加し、そこで知り合った夫と交際2年で結婚した。

こう書くだけではただ平々凡々に思うが、真由子の結婚生活は外からは見えない内側では、シビアな面があった。

まず真由子の夫は、SEXやスキンシップにまったくと言っていいほど関心がない男だった。その代わりと言うか金銭管理に異常に執着がある男で、真由子は結婚以来、ずっとフルタイムで働くことを望まれ、夫は家計を全て握って、真由子は精神的、肉体的にもかなりシビアな結婚生活を送ってきた。

外面は穏やかで優しそうに見える男なので、真由子は知られざる苦労や悩みのはけ口として夜、こっそり出会い系の電話をかけたりといった遊びに走っていた。、SEXレスの極みのような夫婦だったが、排卵日を計算して1、2度の性交渉で2人の子供を授かった。それ以外、触れ合う事や、親密な会話やスキンシップなど皆無の味気ない夫婦生活だったから、真由子が、出会い系などにハマってしまったのも無理もないことに思う。

真由子の夫の言動はいつも一方的で、真由子はドケチでおかしな男と結婚した自分は大変なハズレくじを引いたと思っていた。ただ夫は大手企業の社員として真面目に勤務しており、真由子が当時まだ元気だった九州の両親に相談しても、暴力や借金する酷い夫じゃない限り、子供達のために何とか離婚せず結婚生活を続けるよう毎回、電話で諭され続けた。真由子は納得出来ないにせよ、日々の結婚生活を30年近く継続、乗り越えてきたのだ。

そんな円満とは到底言い難い結婚生活に耐えてきた真由子が、2人の子供達も無事、就職して巣立った今、自分自身の自由をようやく手に入れた。その自由に行動する資金源は、亡くなった父親が遺した預金だった。ある程度、まとまったモノが1人娘の真由子に相続で入ってきたのだ。

真由子は、そのおかげで結婚して以来初めて、いろいろやりたかった事にお金を使っていた。顔のシミ取りレーザー、娘が既にしていた全身の医療脱毛も真似てしてみた。その他にやりたかった事をぼんやり考えていた時、ふと何年も前に深夜のテレビ番組で、イケメンスタッフだけで女性をアロマエステマッサージするお店が紹介されていたのを思い出して、スマホで検索して探し出したのだった。

（あった、これだ、パラダイスアロマってお店、へえ、まだバリバリやってる……行ってみたい、ぜひ）

となった。

出会い系での遊びも45歳くらいを最後に卒業し、この10年はリアルに生身の男性と触れ合った事は一度もなく過ぎてきた。仕事先で若い大学生男子の爽やかイケメンに密かに想いを寄せたり、若くてキラキラしたK-POPアイドルの活動を追うくらいが、真由子の娯楽であり、異性への興味の精一杯の発散、はけ口だった。そんな中、急に都内のパラダイスアロマに行くという新しい大きな楽しみが出来たのだ。恋人感覚で触れ合える素敵なイケメンは、真由子にとっては、古い喩えならイケメンがたくさんいる竜宮城、現代風に言うなら刺激的な体験型テーマパーク……といったところだろうか。

ワクワクして入り口をくぐった体験型テーマパークだったが、これから本格的な刺激的な絶叫アトラクションが始まろうとは、この時の真由子に想像出来るはずもなかった。

プラネタリウム付き天蓋ベッドでの秘め事

流星と出会って約1ヶ月間のうちに、渋谷店2回、新宿店1回と3回店舗利用で会ってきて、流星との親密度も高まってきた中、流星にリクエストされた出張サービスを真由子は利用してみようと思った。ただ、店舗利用と違って自分で使うホテルを予約しなければいけないので、少し面倒だった。

シティホテルにイケメンのマッサージ師が訪ねて来るって、フロントの人に変に思われそうだなぁ……。休憩だけの利用もなさそうだし、その点ラブホテルなら、1人で先に入ってるなんてした事ないけど、フロントの人もそういうのは、分かってるものね。男性が部屋に女性のマッサージ師や風俗嬢を呼ぶ事は多いだろうから、その逆もラブホテルなら面倒な事を聞かれずスムーズに出来るのかも。

真由子はそうやってラブホテルに決め、ラブホが多い新宿で探すことにした。スマホで検索すると、東南アジアのリゾートホテルをイメージしたホテルのチェーン店が真由子の目に留まった。

（ここのホテルは、有名だよねー。女子会も出来るんだ。あと部屋にデリバリーしてくれるフードやドリンクも充実して良さそう……ここにしよう！）

真由子はそのホテルに思い切って予約の電話を入れた。

「金曜日の夜に宿泊で予約したいのですけど、このホームページに載っているプラネタリウム付き天蓋ベッド、岩盤浴付きのお部屋は予約出来ますか？」

一番高い部屋を真由子は言った。

（予約空いてないよね……？）

「はい9日金曜日の晩、宿泊2名様でご予約可能でございます」

（あっ、空いてるんだ……、一番高い部屋……笑）

「じゃあ、そのお部屋でお願いします」

もう引き返す事は出来ない、予約は宿泊で取れてしまった。真由子は、ホテルで出張サービスを受けるという一段上の階段を上ろうとしていた。


ほどなくして4月の第1週の週末、金曜日がやって来た。真由子は歌舞伎町のど真ん中にあるリゾート風ラブホテルに1人でチェックインした。フロント受付はスムーズに終わりルームキーを持ってエレベーターで部屋に上がる。ここ新宿歌舞伎町のラブホテルなら女性が1人先入りして後から来る男性を待つパターンもきっと珍しくない。だってホストクラブがひしめく街の真っ只中にあるもの。真由子は、自分のしている事がここでは珍しくはなさそうな感触に少し安堵した。最上階7階のその部屋に入ってみると、部屋は広めで、ホームページの写真通り、レースの天蓋付きベッドだった。プラネタリウムも、付けられている。そして奥の洗面所の横には、2人がそれぞれ寝そべられる岩盤浴も完備されていた。

（素敵、流星くんと過ごす初めてのラブホテルとしては、完璧な雰囲気のお部屋を選べたわ……）

真由子は、内心で、満足のガッツポーズをしていた。部屋の手前にあるリビングテーブルのソファに座った真由子は、テーブルに置かれたドリンクやフードメニューを開いて見た。

この4月から流星は、外資系IT企業にエンジニアとして就職したばかりだった。そのお祝いの乾杯をしてあげたかったので、流星の好きなフードメニューやおつまみも取りたかったのだ。

こんな事をするのは、真由子の57歳の人生で初めてだった。流星が到着するのを、ワクワクした気持ちで真由子は待っていた。21時になった。部屋の電話がトゥルトゥルと鳴った。フロントからだ。

「お連れ様がお見えになりました。上がって頂きますけど宜しいでしょうか?」

「あっ、はい、どうぞお願いします」

ドキドキと心臓の音が聞こえるくらい鼓動が早くなっていた。ピンポーン！　部屋のチャイムが鳴った。

「こんばんは、花川です、開けて頂けますか?」

「えっ、嫌です……」

咄嗟に言葉が出た。

「えっ、えっ、どうしたんですか?」

「あ、いや、来るのは分かってたんですけど、ちょっとびっくりして……」

「……苦笑……で、大丈夫ですか？　もう」

「あっ、あ、はい……」

緊張して真由子がドアを開けると、そこにはワイン色の本革のリュックを背負った流星が立っていた。店舗とは雰囲気が少し違う。部屋に入って来た流星は、開口一番、

「わー、広くていい部屋だ。ベッドの天井にプラネタリウムまで付いてるんですねー。凄いなぁ……有難うございます。こんないい部屋に呼んでくださって」

キチンと部屋のお礼を言った。部屋のテーブルには、乾杯するシャンパンやおつまみ、流星が頼んだローストビーフ丼などが賑やかに並んだ。

「流星くん、就職おめでとう、乾杯～」

「わー、嬉しいなぁ……シャンパン有難うございます。それにこのローストビーフ丼、凄く美味いです。お腹空いてますし」

乾杯の後、お酒好きな流星はウィスキーのダブルをロックで飲み、真由子はアルコールはあまり得意じゃないのでカシスオレンジみたいな可愛いカクテルを飲みながら楽しい夕食が進んだ。デザートのアイスクリームや、はちみつトーストを食べ終え、いよいよベッドに移って出

張マッサージを受ける……。

時間は充分にあるから、真由子はシャワーを浴びて、ベッドでアロママッサージを受ける紙ブラとショーツ姿で布団にくるまって流星の支度を待っていた。

流星は大きなリュックにシーツの上に敷く薄いシートアロマオイル、オイルを温める保温器などを持って来ていた。

（だから荷物が多いんだわ……）

流星は白いシャツに黒いズボンのセラピストスタイルでベッドに入って来て、うつ伏せの真由子にホットアロマオイルマッサージを開始した。

「あー気持ちいい……。温かいオイルが本当に……」

「真由子さん、ふくらはぎとかむくみあるので、取るようにしっかりとマッサージしていきますねー」

そうしてマッサージをしっかりと1時間半やって貰った後、真由子はオイルを流すためにもう一度シャワーを浴びてベッドに戻った。流星の目を意識して、真由子は普段なら絶対着ないようなシースルーのピンクのキャミソールを身につけてベッドに寝た。流星は真由子の横で先ほどのセラピストのシャツとズボンのまま寝そべっている。

「1時だね、夜明けの4時まで3時間はここで寝ていっていいからねー」

疲れているだろう流星に、真由子は仮眠を取らせて帰らせたかったのだ。それに、流星にゆっくりと添い寝しながらハグをして貰いたい思いもあった。

「あっ、有難う……」

流星はすぐに真由子の横でスヤスヤ眠ってしまった。よほど疲れていたのだろう……。真由子はそんな流星をしばらく眺めていたが、10分か20分ほどして流星の肩に手を置いて、そっと声をかけた。

「流星くん、ねぇ、寝ちゃったの？」

「う、うーん……」

しどけない流星の様子に真由子は、思わず流星の手を握り、手を繋いで寝ようとした、その時だった……。

流星がむくっと起き上がり、真由子の身体に覆い被さってきたのだ……。

真由子は、びっくりした。57歳という充分過ぎるくらい大人の女性が若い男性セラピストに横に寝て貰うのだから、何かが起きたって不思議じゃない……それは分かっていたし、流星にゾッコンになってきている真由子も何かが起こることを心の底では、望んでいたのかもしれない……。

流星は、先月24歳になったばかりの若い男性、やはり抑えようにも性欲が勝ってしまうのだろう……。流星はあっさりとした真由子の胸の乳首を含んで舐め回す愛撫などをすると、早急に真由子の中心を掻き分け力強く入って来た……。可愛い雰囲気の残る流星だが、男としての律動は激しく力強く真由子の中心を責め立てる。流星の男の律動が、さらに速く激しくフィニッシュに向かって昇り詰めようとした、その時、

「もう無理……やめて……」

真由子は両腕を伸ばして流星の両腕を押さえて流星から逃げるように身をよじった。流星の男性自身が抜かれた。

「ご、ごめん……痛かったの？」

「う、うん……」

「大丈夫？　俺、シャワー浴びてくる……」

真由子はその時、自分の女性の部分が45歳頃のそれとはまったく違う状態に変化していたのに気づいた。

（思うように、濡れなかった……。流星くんのが、普通の男性のモノよりなかなか立派なイチ

モッだったけど、それにしても私の女性の部分は、45歳の時みたいにならないんだ。50歳ちょうどで閉経を迎えた。やはり変化してたんだ……)

真由子が閉経後の自分の身体に初めて気づいた瞬間だった。

「あ、あの、最後までイカせてあげられなくて、ごめんね……。それとこんな事になった私は、これからどうしていけばいいの?」

真由子は思わず流星に聞いていた……。すると流星は落ち着いた口調で、

「……これからゆっくりと俺のやり方に慣れていけばいいよ。そうだなぁ……これからも普通に店でマッサージしたり、デートしたり、刺激が欲しくなったらホテルを利用すればいいんじゃない、そして今日2人にあった事は店には絶対言わないで内緒にしてください」

と言った。24歳になったばかりの若者にしてはその答えは落ち着いたものだった。

(大学生の時から3年以上歌舞伎町のBARでバーテンとして働いてたから、やっぱり女性慣れしてるプロ……って感じがする)

それが真由子の率直な感想だった。シャワーを浴びて帰って来た流星が4時まで寝かせて欲しいと言ったので、真由子は横で寝ている。

「土曜日の今日の午前中、実は新しいマンションに引っ越す日なので、帰ったら準備しないと

いけないんですよ……」

流星は予定通り4時過ぎに起きると、まだ夜明け前の歌舞伎町のホテルにタクシーを呼んで帰って行った。

1人ベッドに残った真由子は、朝までぐっすり寝て7時過ぎに起きて、部屋の大型テレビで朝の番組を見て、1人で2人分のモーニングセットをペロリと食べた。お腹が空いていたのだ。

そして流星とは利用出来なかった室内岩盤浴に1人寝そべって満喫した。

深夜に流星との間に起こった出来事は、誰にも言わない秘め事……。でも真由子の中では、今朝目覚めてから世界が変わるほどに、ウキウキとした気持ちが湧き上がっていた……。恋をした流星と結ばれた。女性として好きな男性に抱かれた喜びに勝るものは、やはりないのかもしれない。真由子は1人新宿駅へと明るい気持ちと足取りで向かうのだった。

出張ホテルの翌週は、新宿でカラオケデート。新宿中央西口改札口の電子ウォールの前で待ち合わせ。ヒールのショートブーツに、ピンクの柄シャツ、上に黒の革ジャンのスタイルで流星は現れた。私服も今どきでカッコいい。

歌舞伎町のビルのカラオケ屋で5時間、ランチを食べた後2人で歌う。流星は若手俳優が歌って大ヒットした「猫」を熱唱してくれた。

上手いのか？　と言われると微妙だったが、マイクの首あたりを持ってマイクの底を上に跳ね上げて歌う姿は、カッコつけたホストのようで、流星が歌舞伎町で水商売をしてきた過去を思わせた。一方真由子は、80年代の女性アイドルのヒット曲を可愛い声で熱唱した。

流星は、びっくりした様子で、

「真由子さん、歌声めっちゃ可愛いです。話してる時と違って。俺、女の人の歌に感動したの初めて……かもしれないです……」

何と真由子の80年代女性アイドルソングは、今どきの24歳の若者の流星に、超ウケたのだ。

真由子は、嬉しかった。何曲も昭和、平成のヒット曲を歌う。対する流星は、ヴィジュアル系のロック調のヒット曲をシャウトしながら歌った。４時間近く経ってさすがにカラオケに２人が飽きた時、真由子は、

「あのね、流星くん、残り時間はあと1時間ちょっとだから、歌はやめてソファで流星くんに甘えたい……」

そう思い切って流星にリクエストした。

「あっ、いいですよ……」

流星は手慣れた様子でカラオケの電源を切って部屋を暗くした。

「この雰囲気で大丈夫ですか……こっちに来て座ってください」

真由子は流星の膝の間に入って流星にもたれ掛かった。そして2人は何度も唇を重ね合ったが、それ以上エスカレートしないように後ろから流星に抱えるように抱きしめて貰って過ごした。真由子57歳、流星24歳、それなのに流星には、素直にがっつりと甘えられる……不思議な感覚だ。でも2人の間では、ごく自然とそうなるのだった。


その次の日曜日の夕方、真由子は新宿店で5時間のロングで予約していた。店舗で5時間はかなり長い予約だ。真由子と流星は、だいぶ親しくなって甘々な過ごし方も充分出来るので5時間のロング予約もすんなり取れる。

真由子は、既に流星のお得意様客へとしっかりと育っていたのだ。西新宿にある店舗の入ったきれいなマンションに着いてチャイムを押すと、中から流星が現れて素敵な笑顔で迎えてくれた。

「こんばんは真由子さん、ゆっくり今夜は過ごしましょう。楽しみだなぁ」

「はい、お願いします」

渋谷店より新宿店は少し狭めだが、キレイだ。部屋の中でいつものアロマ音楽が再生されていたが、ふと流星が聞いてきた。

「真由子さん、ジブリ映画『ハウルの動く城』のテーマ曲好きだったですよね～、流しましょうか？」

「あっいいの？　スマホで出来るんだ。聴きたいわー、お願いしていい？」

部屋に、「人生のメリーゴーランド」が、流れ始めた。真由子と流星は、立って向かいあって社交ダンスの組みポーズをした。

「俺、母方のお婆ちゃんが社交ダンス習ってたから、中学生の時1年間一緒に社交ダンス習いに行ったんですよー毎週……だから少し踊れますよ」

意外というか、でも育ちが悪くなさそうで王子様感ある流星には、社交ダンスは合っている気がした。そんなにスペースが広くない場所で、しかもフローリングではない床だと滑らないので踊りにくいのだが、真由子と流星は、社交ダンスぽい舞を繰り広げる。

流星が真由子の指を使って上手に回転させたりした。まるでハウルとソフィーやヨーロッパの貴族の気分だ。プリンセス好きな真由子は、流星のリードにうっとりしていた。流星の左耳に揺れる十字架のピアスが素敵だ。アロママッサージをゆっくり2時間かけてした後、残り2

時間、流星と真由子は向かい合って寝て、ずっと抱きしめ合う……。真由子のこれまでの人生で、男性からこんなに長い時間、抱きしめて貰うなんて事は、一度もなかった。流星が言う。

「俺、ハグ好きなんですよー特に真由子さんとのハグは、特別ですから……」

「本当に……嬉しい……」

流星の腕の中にしっかりと抱きしめられている時、真由子は何だか流星が、白髪の年配の外国人のキリスト司教様に思えてきた。真由子自身は、若い修道女のイメージが浮かび上がる。

(流星くんが司教様で、私が若い修道女で、禁断の関係だった過去世があるみたいだわ……)

真由子には少しだけ霊感のような不思議なイメージが浮かび上がる事がある。特に流星と出会ってから、いろんな意味でスピリチュアルなものが降りてくるようになっていた。まるで17、8歳の乙女の気分だ。そんな真由子の事を流星は何度も両腕で強く抱きしめた。

「シアワセですね……真由子さんといる時、本当に落ち着ける……本当に可愛い……」

流星は、真由子を抱きしめる力をさらに強めた。息も出来ないくらい強く……。そんな甘い時間が過ぎ、23時で予約した時間が終了した。真由子のシンデレラタイムは終わった。

早足で新宿駅に向かい、山手線の電光掲示板を見るとそこには、
23時25分大崎止まり……

と書いてあった。品川駅で乗り換える真由子は、これでは帰れない。中央線も無理だった。コロナ禍で電車の終電時間が早められていたのだ。

（どうしよう、これじゃ自宅に帰れないよ……）

いい年をして真由子は、心の中で半べそをかきそうになっていた。先ほどまでの流星とのベタベタ甘い気分が、一気に吹き飛んだ。

（どうにかしなきゃいけない……どうすればいいんだろう……流星にＬＩＮＥで連絡して、電車がないから、１人暮らしの流星くんの部屋に泊めて欲しいって言いたいけど……）

とっさに浮かんだが、真由子はそう出来なかった。

（お客様の私がセラピストの部屋に泊まらせて欲しい……そんなずうずうしいお願い、出来ない……）

真由子には流星にそれを頼む勇気はなかった。もしこの時、それをお願いして泊まりを流星に断られたら、真由子はもう少し早く流星に対して冷静になれたのかもしれない……。しかしそう出来ず、真由子は新宿のネットカフェを探し、西口からほど近いキレイなネットカフェに泊まった。

（流星くんと会っている時間は、まるで本当の彼氏や恋人と過ごしているようだけど……やっぱり私は彼のお客様という立場でしかない。それを超えて現実的に親しくなる事は、難しいんだ……)

ふと強烈に客とセラピストでしかない関係性を突きつけられ、夜通しネットカフェでそんな思いに囚われた真由子だった。翌朝、月曜日の朝、7時過ぎの通勤客と共に1人電車で湘南の自宅まで、帰った。

神社デートと、結ばれた二人

真由子の流星への想いが、深まるばかりの日々が続いていた。ある日、昼間からお風呂にのんびりと入っていると、突然、真由子の胸の内側から、メッセージが湧いてきた……。

(神社、神社……って、何だか強く感じる……)

それは、本当に不思議としか言いようがない感覚だった。真由子は内心、かなり驚きながらも、

(こ、これは、もしかして、流星くんと神社にお参りに来なさい……って天からのメッセージなの?……)

真由子は、自分自身でそう解釈した。

神社へ……という強烈なインスピレーションを受け取ったのだ。後からスピリチュアルの本を読むと、お風呂は身を浄めている場所なので、神様からのメッセージを受け取り易いと書いてあった。真由子は、次の流星とのデートは、神社にお参りに行こう！　そう決めた。外資系企業にＩＴエンジニアとして就職した流星を連れてお参りするのは、真由子のお役目のような気がしてきたのだ。

真由子はすぐに流星にＬＩＮＥを送り、了承を得た。

『5月の最初の土曜日の出張デートで、2人で神社にお参りに行かない？　就職したばかりの流星くんは、神様にこれからのお願いをしたら、きっと運気が良くなると思うよー』

『5月の第一土曜日ですか？　ぜひ行きたいです。でも他のお客様から予約が入りそうなので、なるべく早く予約を押さえてください。お願いします』

『オッケー分かったよ。神社にお参りだから、流星くんはスーツで来て。スーツが無理なら、せめてジャケットを着てキチンとした格好でお参りに行くからねー』

真由子は、流星の会社が品川区なのでその中で神社を探した。そして流星のイメージが白蛇と湧いてくる真由子は、蛇神が祀られた神社を探し、品川区の蛇窪神社という場所を見つけた。

5月の最初の土曜日の昼、待ち合わせの五反田駅に真由子は紺色で裾が三角形のグレープリーツの開くワンピース、一方の流星は、黒のショートジャケットと黒いジーンズ、足元は流星お得意のショートブーツではなく、黒い革靴をキチンと履いてきていた。

「可愛いなぁ、今日の真由子さん」

会ってすぐ流星は、よそいきワンピース姿の真由子を、目を細めて褒めてくれた。

「まぁ、その感じの格好なら神様にお参りするのに、失礼にならないわね。行きましょう」

都営浅草線に乗り換えて最寄り駅の中延から5分程度歩くと蛇窪神社に到着した。真由子は流星と2人分の御朱印帳を購入して烙印して貰い流星に手渡す。流星は神妙な面持ちで真由子より前に進み出て、2礼2拍手1礼をし、本名、住所、会社名を名乗り頭を深々と下げてお参りを済ませた。

真由子もその後に従う。流星の本名、住所、会社名などは、もちろん、真由子は聞かないように下がって待っていた。知りたい気持ちは凄くあったが、やはりお客とセラピストであるマナーは守らなければいけないと真由子は思っていた。

五反田に戻って2人でランチ、鶏肉が歯の隙間に引っかかったと言う流星に、真由子はすかさず爪楊枝を差し出す。流星の役に立つ自分がことごとく嬉しい。ランチを食べても6時間の予約時間の3時間以上が残っていた。ぶらぶらと歩いて、2人は線路沿いに並ぶラブホテルに自然と吸い込まれた。デラックスな部屋でゆっくり休憩して過ごす事にした。

新宿のラブホテル出張時と違い、手荷物になる出張セットは、流星は持っていなかった。なんとなく休憩に入ったのだ。部屋で流星が真由子にホットコーヒーを入れてくれた。

「あっちっ‼」

カップのフチを掴んだ流星が、手を振って声をあげた。真由子は笑った。普段、年齢の割に落ち着き払った態度の流星が、素の24歳の男の子のリアクションをした。

（ホットコーヒーをお客様に入れてあげるのは、初めてなのかな？　慣れてないいんだね、可愛い……）

真由子は流星のふと見せる幼さみたいなものに、強烈に母性本能を刺激されていた。元々、真由子は年下男子しか好きにならないタチだった。理由は分からないけれど、真由子は年下男子の可愛さがたまらなく好きでしょうがない。

真由子は流星に駅の売店で買った耳かきをしてあげると提案した。流星は素直に真由子の膝枕に頭を乗せて耳かきをして貰う。お客様とセラピストなのに､真由子は流星に耳かきした後、うつ伏せになって貰い、首、肩、腰と一生懸命マッサージしてあげた。真由子は、マッサージが子供の頃から、両親に進んでしてあげるくらい得意だったのだ。

「真由子さん、マッサージのセンス凄くありますね～上手だ、気持ちいいです」

流星も感心する。真由子は女性にしては割と大きく肉厚な手をしていたのでマッサージ向きなのだろう。指の力もある方だ。ほどなくして2人で並んで寝転び、流星と真由子の添い寝タイムが始まった。大好きな流星がそばにいると真由子は正直、女性としてもっと触れ合いたい、抱きしめて欲しい、キスされたい……と発情してくる身体を感じていた。流星とこの前、新宿のホテルで最後まで出来なかったのが心残りでもあったので、女友達から聞いた女性用潤滑ゼリーを購入して持ってきていた。流星とベタベタしながら雰囲気も高まり、真由子は何となく流星を誘った。

「大丈夫なの?……」

「潤滑ゼリーを持ってきたから、使ってみて……それで……」

真由子は、アプリケーター式のゼリーを2本、流星に差し出した。流星はコーヒーの時と打って変わって、女性用ゼリーを真由子の中にスムーズに2本注入した。器用なのか? 女性のあそこに慣れているのを感じる真由子だった。

流星は真由子の胸や、大事な中心を丁寧に舐めたり、愛撫して、性感を高めていく。流星が真由子の中に入って来た。可愛い顔の流星だが、男性自身が真由子曰く正月用の大きめの紅白蒲鉾くらいの太さと長さもあり、かなり大きいのだ。真由子は出会い系を含め十数名の男性経験があったが、流星のモノは、太さ長さ形も一番キレイで極上だった。

「好きだよ、真由子……」

何度も繰り返される甘い囁きとディープキス、真由子の息が苦しくなるくらい、真由子の身体は流星に全て覆われた。真由子がふと時計を見ると1時間以上が過ぎていた。流星の動きに合わせて喘ぎ声を上げ続けていたが、

（な、長いなぁ……それにしても、こんなに長くする男性、初めてなんだけど……）

真由子は、少し疲れてきていた。たくさん長く愛してくれるのは嬉しいのだが、流星の象徴的に激しい突きを何度か感じ、

「イっていい？……あっ、あー」

精力がとんでもなく強い流星が、ようやく絶頂を迎えようとしていた。真由子は中に出すように流星を促し、流星は思い切り、真由子の中で大量の精液を、撒き散らし果てた。ひとつになってから2時間、2本入れた女性用ゼリーも最後の方は乾いたんじゃないか？……と思われるくらいの長く激しい愛の交換タイムだった。

「凄く長かったね」と言う真由子に、

「そうですか……夢中だったので、時間は気にならなかったです」

照れもせず流星は、答えた。ホテルの部屋を出る時、流星の黒い革靴が、真由子の目に留まった。

（靴が何だか大きいなぁ……27・5センチ。身長180近いうちの旦那でも26・5センチなのに。流星の身長は確か175ちょっとだから足のサイズが大きいなぁ……）

流星は、手も大きな方だった。ネットで検索すると足のサイズが大きい男性は、男性自身が大きいと書いてある記事があった。真由子は納得した。

にしても、ハイスペ、イケメン、デカチンで精力強い……って、流星くんは、男としての武器を何個持ってるんだよー……と真由子は驚くのであった。

五反田駅の山手線のホームで、流星が目一杯の優しい笑顔で、手を振って電車に乗る真由子との別れを惜しんでくれている。真由子は、流星に手を振りかえしながら、

（何だか、これって恋愛ドラマのシーンそのまんまじゃない？　私達30歳以上年の差カップルでドラマ化されたら面白いのに……）

そんな想いが真由子によぎる。向かいのホームに立つ流星は、さっきホテルで見せていた雄

丸出しの雰囲気から、いつもの爽やかで可愛いアイドル系セラピスト君に戻っていた。真由子は、ドラマのカップルみたいなこのシチュエーションにうっとりしながら、頭にお花畑が広がった状態で、帰途についた。

思えば、流星との1年半くらいのデートの中でこの日が一番、性愛が濃密で流星からの愛情を感じた日だったかもしれない……。

真由子は、3月、4月とほぼ毎週、流星に会う生活となっていた。日曜日は昼からロングデート、平日は兼業の流星が仕事に入る20時から23時は、渋谷店か新宿店でアロママッサージを利用した。若くてイケメンでハイスペ、聞き上手な上にロマンチックな甘々接客の流星に会う事が、真由子の生活の最上の楽しみ生き甲斐となっていたのだ。

流星とのLINEも初回だけが公式LINEのやり取りで、すぐ流星の方から個人LINEを交換したいと申し出があった。個人LINEと言えば流星の本名が載っていそうだと真由子は思ったが、流星のLINEのアイコンは記号の☆印だった。

（なーんだ、☆印なんて。やっぱり個人LINEでも本名は、教えたくない……って守りが堅いなぁ、流星くんは……）

しかし夜、流星からのＬＩＮＥには甘々の恋人同士のスタンプが、送られて来たりする。

『恋人スタンプを使うのは、真由子さんだけですよ』

『えっ、本当なの？　嬉しい』

こんなやり取りをするだけで、真由子は流星に特別に思われている恋人みたいな女性、客を超えた存在なのだ……と単純にも思うようになっていった。ある日、店舗でマッサージ終わりに添い寝しながら、２人はこんな会話をした。

「俺、今世は自分の子供とか要らないかもしれない……養子とか迎えてもいいし……」

「それって私の為じゃないよね？　笑……」

「俺が経営者になったら、一緒に住んで手伝ってくれますか？」

「身の回りの世話？　家事とか？　お手伝いさんになるって事ですか？　私、これからどんどん年取るし、いずれお婆ちゃんになっていくよー」

「ただそこにいてくれるだけでいいです。何もしなくても、話が2人で出来たら、それだけで充分なんだ俺は……」

目を瞑ったまま流星はつぶやいた。これが殺し文句というものなのか、こんな事を言われた真由子は、半ば真剣に流星との将来を夢見るのであった。流星は真由子にこの前引っ越した新宿の部屋のリビングの写真を見せながら言った。

「今度、引っ越しした2ＬＤＫのマンションです。リビングのソファやテーブルは、表参道の店で購入しました。北欧の家具で凄く気に入って買いました。ＭＢＡで活躍してるあの選手もこの家具メーカーので全部揃えてるらしいです」

スマホの画面には、まるでインテリア雑誌のページのような、生活感の薄いモダンでシックなリビングが、オリーブの観葉植物などと映っていた。真由子はハイセンスな流星の部屋の写真を見せられ、現代の王子のような流星にますます憧れを募らせるばかりであった。

運命のツインソウル

真由子はふと流星との関係に想いを巡らす。

流星と真由子は、パラダイスアロマでセラピストとお客様として出会い、どんどんと親しくなり、まるで本当に恋愛関係のように進んできたのだが、２人は33歳も年の差があり、若くして流星を産んだ母親より真由子は10歳ほども年上である。そんな大きな年齢差を物ともせずに親しくなったのは、２人には不思議なほど共通の話題と関心があったからだ。

「俺は、過去世は女性だったんだろう……って強く感じます。今でも女性的な感覚がけっこうあるので……」

そう話す流星に対して真由子は、

「あー、私はその逆で、過去世、男性として生きてた事が多そうって、いつも感じてるの。私は今世も男性ぽい感覚が残ってるから」

そんな会話を交わした。

コロナ禍が騒がれ出した去年の2月に韓国旅行を流星と真由子はそれぞれしており、繁華街で出かけたコルギが有名なエステ店には2日違いで偶然、同じく訪れていた。携帯も何気なく見ると、流星と真由子は、同じ赤色の同機種を使っていた。まったく一緒である。

「俺、大学時代、バンジージャンプを有名な高い所からしてて、何でやったかというと、飛び降りて死んでしまう人の気持ちを、擬似体験したかったんですよ」

真由子は、驚きながら答えた。

「私も23年前に、関西の遊園地でバンジージャンプをした時、流星くんと同じこと考えながら飛んだよ……」

これには流星も真顔でびっくりしていた。そして流星が言った。

「……ツインだと思う……」

「……えっ、ツインソウルとかいうヤツ？」

「真由子さんが店に最初に入って来た瞬間、俺、特別なヒトが、来た……って実は感じてました。俺そういう感覚、実はあるんで……」

「えっ、そうだったんだ。私も何でこんなに共通点ばかりあるんだろう？　ソウルメイトなのかなぁ……ってはすぐ思ったけどね」

　そんな会話をした事もあり、真由子は10年以上ぶりくらいに霊感占いに電話をかけてツインレイ・ツインソウル鑑定が得意な占い師の女性に2人の関係を訊ねた。霊感占い師は間髪入れずに、

「ツインソウルです。お2人は間違いありません！」

　と言い切ってくれた。

「私達って今世、33歳も年齢差あるじゃないですか？　それでも彼は、私の事を本当に好きなんですか？」

「そうです。真由子さん以上の女性は流星さんの生涯には現れません。他の女性とは比べものにならないほど、強い絆でツインソウルは結ばれていますからね……」

占い師にツインソウルと言われて真由子は、この上なく嬉しかった。夜LINEで流星に報告した。

『わー、やっぱりツインソウルって言われたんですね……そうか、俺もそう思ってたから嬉しいです。これからもずっと仲良くしていきましょう！　真由子さん』

『そうだね……凄く不思議だけど、やっぱりツインソウルってあるんだね。流星くんとはあまりにも共通点が多いから、私も納得してるよ。これからもずっと宜しくお願いします』

2人はツインソウルだと確認しあい、これからもずっと仲良くしていける魂の高揚を感じたのだから、これからもずっと上手くいくはずだったのだが……ツインソウルには必ず大きな試練が訪れる事を、2人はこの時点では分かっていなかった……。

今日はK-POPアイドル好きな真由子の大好きな街、新大久保でのデートだ。新大久保駅の前で立って待つ真由子の後ろから肩を急に掴んで驚かすサプライズな演出で流星が登場した。

2人で真由子が以前、娘と行った事がある野菜サラダと野菜ジュースが有名なサムギョプサルランチの店に入った。

「俺、この店好きだなぁ、雰囲気」

「あー気に入ってくれたなら良かった」

サムギョプサルとたっぷりの野菜を頬張り、和やかにランチを終えると、２人は大久保通りの反対側にある雑居ビルに入った。ビルのショーウィンドウには韓国の民族衣装を着た男女のマネキンが展示されていた。ここには韓国の民族衣装を着て記念撮影が出来るスタジオがあるのだ。

真由子は今日の撮影を楽しみにしていた。流星も乗り気でＯＫしてくれていた。

色とりどりの衣装の中から、真由子はオレンジのチマチョゴリ、流星はシルバーグレーのパジチョゴリを選んだ。

「私が目立つ色で流星くんは少し地味だね」

「僕は、今日真由子さんの引き立て役ですから、いいんですよ……」

優しく答える流星に真由子の気持ちも落ち着く。２人で並んで立ったり座ったり、流星が真由子を後ろから抱きしめるようにしたり、いろいろなポーズでカメラマンに撮って貰い、それから念願の婚礼衣装の着付けとメイクをして貰う。ほっぺとおでこに赤い丸をつける新婦のメイクは少し照れくさかったが、時代劇の韓国ドラマの王女様になったみたいと真由子は思った。

一方の流星は着付けが終わり、紗帽という羽が付いた帽子をお店のマダムに被せて貰っていた。

「この彼は、本当の俳優さんみたいだねー。カッコいいよ」

流星のイケメンぶりをマダムに褒められて、真由子も鼻高々の気分である。しかし真由子は30歳以上年齢差のある2人が、カップル写真を撮って貰っているのを、女主人やカメラマンの男性が、やはり変に思っているだろうなぁ……と思い、こんな言い訳をしたのだった。

「あ、今日は私が韓国衣装を着たくて、知り合いのモデルさんに来て貰ったんです」

撮影した写真の中から、作成するアルバムに入れる写真を選ぶために、女主人が白いボードに並べると、出来上がった写真は、やはり親子感を感じるモノが殆どだった。33歳という親子みたいな年齢差は、残酷なくらいハッキリと2人並んだ写真に写し出されていた。真由子は恥ずかしくなって、写真ををまともに見る事が出来ない。一方の流星は、

「コレとコレがいいかなって思います」

アルバムに入れる写真を照れもせずに選んでくれるのであった。

4時間掛かった撮影は19時に終了した。真由子は店を出ると流星に12時から19時までの7時間の出張デートのギャラ7万円を手渡して、夜、ホストクラブの内装の手伝いの仕事があると言って足早に立ち去る流星を駅前で見送った。

このデートで作成したアルバムは、2週間ほどで真由子の手元に届いた。このアルバムの中

の２人は、その後の２人の顛末はさておき永遠に仲良く幸せそうに収まっており、真由子にとっては、かけがえのない記念の思い出が作れたのだから、良かったのであろう。

先週の新大久保でのランチと韓服コスプレに続き、今週の日曜日は、渋谷のハチ公前でベタな待ち合わせをした。以前から行ってみたかったシーシャ（水タバコ）ＢＡＲに、流星が連れていってくれるというので、真由子は、最近の若者文化を体験出来る事に新鮮な期待でワクワクしていた。

渋谷のシーシャＢＡＲに着いた。シーシャＢＡＲの店内には長いホース状の水タバコの機械がいくつも並んでいて、インドや中東のようなエスニックな雰囲気である。

「真由子ちゃん、静かにパイプを深く吸って肺まで煙を入れたら、今度は水パイプを外して、フゥーって吐き出すんだよー」

流星がシーシャの吸い方を詳しく教えてくれた。真由子は若い頃から煙草も殆ど吸った事がない。シーシャの水パイプに慣れるのに少しだけ手間取った。加えて真由子は、あまり喉が強くないタチだった。微かに喉に来る刺激臭があり真由子は少しむせる。

何度か深く吸って吐くを繰り返すうち真由子はシーシャに慣れてきた。バニラ、マスカット、ジャスミン、ミントのような甘くフルーティーなフレーバーのシーシャを美味しいと感じる事が出来た。若い流星のような男性とデートしなければ、シーシャのお店に来るコトなんてなかっただろう。シーシャBAR自体、セラピストのデート日記で真由子は知ったのだから。

その後は渋谷のファッションビル内でケーキが美味しいと評判のお店でアフタヌーンティーを楽しんだ。流星はボリュームのある生クリームたっぷりのショートケーキを、ナイフとフォークを使い、洋食マナーのお手本のように上品に食べ切った。その様子を目の前で見た真由子は、

(流星くんて、やっぱり育ちがいいんだな……。男性でケーキをナイフとフォークでお上品に召し上がる人は、皇室の方くらいだと、何となくイメージしていたから、本当びっくりしたわ。私なんかフォーク1本で食べるのが当たり前なのに、何か恥ずかしくなってくるわ……洋食マナー講座に行きたいくらい……)

流星の父親は確か高校の物理の先生だから、お坊ちゃん育ちというわけではないけど、お婆ちゃんが金持ちでフレンチレストランに行くって言ってたな……それでかな……私はそんな高級レストランなんて行く事はないから、やっぱり生活のレベルが元々違うんだわ。上品なテーブルマナーを見せつけた流星に対して、少し劣等感を覚えた真由子だった。

アフタヌーンティーの後、渋谷スクランブル交差点を渡る時、真由子は流星を見失いそうになり、思わず流星の着ているシャツの肘の部分を掴んで腕に掴まり、そのまま腕を組んで道玄坂のホテルまで歩いた。ホテルの部屋に入った途端にきつく言われた。

「ごめん真由子ちゃん、腕組んでここまで歩いてきたけど、渋谷や新宿とかは知り合いや俺の他のお客様も見る可能性あるから、手繋ぎや腕組みは、やめて欲しいんだ。申し訳ないけど……」

真由子は、ショックだった。流星からそんなコトを言われるなんて……。

そして流星はこう続けた。

「このホテルの部屋の中だと真由子ちゃん、若く見えるんだけどなぁ……」

真由子は、内心、非常に落胆していた。その後流星とそれぞれシャワーを浴び、普通の恋人同士のようにベッドで愛し合った。流星の胸に手を置くと真由子は、流星の胸毛の痕跡を感じた。

「流星くん、もしかして少し胸毛生えてたの？　男らしいギャップであった方が良かったのに……脱毛した？」

「うーん、そうだったかも。胸毛なんか嫌でしょ？」

色白でアイドルみたいな流星の胸毛ありは、昭和の女、真由子には萌えポイントだったのだが、令和のイケメンは全身脱毛が主流なのだ。長方形にキレイに整えられた流星の下腹部の形を見ながら、真由子はハイジ男子にしてないだけいいか……と納得するのだった。予約終了時間の20時に真由子と流星は、夜の渋谷駅でそれぞれ反対方向の山手線に乗り、手を振ってあっさり今日のデートを終了するのだった。

流星と真由子、２人の仲は客とセラピストの立場でありながら、まるで恋人同士のように順調に進んでいた。夜、真由子は２階の自分の部屋で寛いでいる時間に流星に今日の出来事などをＬＩＮＥすると、程なくして流星から、お疲れ様やおやすみなさいの恋人の絵柄のスタンプが、送られて来るようになっていた。

『この恋人スタンプを使っているのは真由子ちゃんだけです。他のお客様には使ってないですよ』

『えっ、そうなんですか？　嬉し過ぎます』

『本当だよ』

流星の特別扱いを感じて、調子に乗った真由子は、もうひとつ上のお願いをしてみた。

『流星くん、あのね、私のわがままなんだけど、たまに流星くんと短い通話とか出来ないですか？もちろんお店からは禁止されてるんでしょうけど』

『そうですね、お客様とのLINEはいいんですけど……通話は基本的にダメなんですよ』

『そうですよね、会うまでに2週間とか間があるので、LINEだけだと、ちょっと寂しくなってしまって……』

『そうか……真由子さんのリクエストなら、ちょっと考えてみます』

数日後、夜23時半過ぎ、真由子の携帯に突然LINE通話の着信音が鳴り響いた。それは流星からだった。

「あーお疲れ様です……今、パラダイスの仕事が終わって、帰る途中ですよ」

流星は、自宅マンションに駅から歩いて帰る途中だった。

「あ、有難う、本当に通話をかけてきてくれると思ってなかったので、めちゃくちゃ嬉しいです……」

「真由子さんだから、本当、特別です」

マンションの部屋に着いてからも、流星はお皿を洗い、宅配便の段ボールをバリバリ破る生活音を聞かせながら、真由子と通話を続けてくれた。しまいにはスピーカーに切り替えて、流星は入浴を始める始末……。

「流星くん、お風呂入ってるの？」

「あー、そうですよ。気持ちいい……」

流星の入浴シーンを想像して、色っぽい気分になりながら真由子は通話を続けた。その夜の通話はちょうど30分ピタリ、忙しい流星の負担を考えて、真由子から終了した。

「流星くん、通話有難う。おやすみなさい……」

「こちらこそ真由子ちゃん出てくれて有難う。またね、おやすみ……」

落ち着いた甘い声の流星との会話は、真由子の気持ちを熱くとろけさせるものだった。真由子は夢見心地で眠りについた。

(他の流星くんのお客様には申し訳ないけど、私は彼にとって、特別好きなお客、いや女性なんだ。流星くんにとっては、彼女みたいなモノなのかなぁ、私は……)

それからも、連日か数日おきに、流星との夜のLINE通話は毎回30分程度、続いた。真由子は、自分が流星の彼女みたいな存在だと確信していった。

確かにこの頃の流星は、真由子に他のお客様より好意があったのは、確かだろう、お互いツインソウルだね……と何度も確認しあって盛り上がっていたのだから……。

Chapter 2

東京フェイクLove♡

パンドラの箱

そんな6月上旬のある日の午後、真由子はスマホをいじってパラダイスアロマのホームページを見ていた。その流れで下の欄に何気なく目をやると、そこにはイケラブ掲示板という項目が、数段にわたり表示されていた。

（イケラブ……？　って何なんだろ……）

真由子はそのイケラブというモノのページを開いてみた。そこにはホストクラブ、女性用出張ホスト掲示板と書かれており、さらに各項目に目を凝らすと、東京パラダイスアロマ店のタイトルも出てきた。パラダイスアロマのスレッドを恐る恐る開いてみると、店に所属しているセラピストについて、お客様と思われるヒトからの感想などが、2行ないし3行くらいで書き連ねてあった。

（……こんなモノがあるんだ。店スレってパラダイスアロマの先輩達の評判やいろいろな事が書いてある……へえ……）

池波レイセラピスト……あー知ってる。パラダイスアロマ不動のベテランセラピストさんだ。一度だけ急遽、流星に会いたくて東京に行ったのに予約が取れない時、入ったなぁ……私は池波レイさんには、まったくハマらなかったけど……。

他のセラピストは、宣材パネルでしか知らなかったが、読み進めていくと次々に個人スレが見つかった。

流星の個人スレッドは、流星指名のお客様によって立ち上げられていた。

「大人気のイケメン花川流星くんを応援しましょう！」。デビューから約半年で人気セラピストに成長していた流星を嬉しく思うと同時に、真由子の心はざわめいた。

私の大好きな流星くんは、やっぱり当たり前だけど他にもお客様は複数いて、こんな個人スレを立ち上げられるほど人気なんだ。じゃあ私みたいに流星くんを本気モードで好きなお客様が、どれくらいいるんだろう？　私以外のお客様との接客も恋人みたいにイチャイチャとかそれ以上してるのかなぁ……興味以上に不安と疑心暗鬼が一気に広がっていた。

真由子はたまらず、気がついたら自分も花川流星スレにコメントを書き入れていた。

『花川流星セラピストとこの前、新宿で、待ち合わせして長い時間デートしてめちゃ楽しかったです』

真由子はイケラブ掲示板の怖さをまったく知らない素人だった。パンドラの箱がそれであると気付かず、さらにコメントを重ねてしまう。

『花川流星くんは、オキニのお客様がいるみたいですねー、いつもロングで会ってるみたいだし……』

真由子は、自分で自分の存在を持ち上げた。

そのような書き込みを他客へのマウントという。（イケラブ用語）それを花川流星スレッドで何行か書き連ねた。するとにわかに、スレッド内が、ザワつき始めた。

『へー、新宿待ち合わせとか書いて身バレ気にしないいんだ？　笑』

『なんか自分は特別とか書いているヒトいて笑うんだけど……アンタもう完成に身バレじゃん！』

真由子は何かに取り憑かれたように書き込みを何回か繰り返した。流星には特別お気に入りの私のようなお客がいる事を他の指名客に知らしめたい、その一心で複数回、書き込みをしてしまった。それがイケラブ掲示板というパンドラの箱であるのを、真由子は気付かず突き進んでいく。

その様相はまるでアダムとイブのイブが蛇にそそのかされ、知恵の樹の禁断の果実を取って食べてしまったかのようである。もしくは真由子はパンドラの箱の怖さを知らず開けてしまった……と言うべきか、いずれにせよその怖さを知らず開けてしまい、悲劇と地獄の苦しみへと足を滑らせ、これから堕ちていくのであった。

真由子57歳、年齢を重ねて分別が付く世代のはずなのに、現代のSNS社会の怖さを分かっていなかったというのが真由子最大の弱点であり、落ち度であった。

真由子のガチ恋は、盲目状態で危険な暴走を始めた。

崩壊の始まり

流星スレに勢いで何行もロングデートの事や、特別好かれているなどという書き込みをした1週間後くらいに、真由子と流星は五反田で待ち合わせしてデートをしていた。

夕食を終えてホテルに向かう途中、真由子は突然、流星に話し掛けた。

「あのね、イケラブ掲示板ってあるよね、流星くん知ってる？」

「あっ、知ってます」

「あ、あれに花川流星くんの個人スレッドが出来てて、思わず私、流星くんといつもロングデートしてますって書いちゃった」

「えっ、本当に？」

そう言って黙り込んだ数十秒後、流星の顔からは笑顔が消えて、困惑の表情だけを浮かべていた。真由子は、流星スレへの書き込みが、あまりにも浅はかな行為だとのちに痛いほど思い知らされるのだが、その告白がそれほどのダメージを流星に与えたとも気付かず、２人は以前に利用したホテルに入った。シャワーをお互い浴びてから、通常のアロマオイルマッサージが、始まった。真由子が今夜パラダイスアロマの店舗じゃなく、五反田に流星を呼び出したのは、ホテルで流星に気兼ねなくイチャイチャ甘えるプレイがしたかったからだ。そしてその後に男女の関係があってもいい……と密かに期待していた。

マッサージコースの途中で、

「真由子さん、ちょっと腹筋頑張ってみましょう」

冷静な口調で流星が言ってきた。

「ふ、腹筋をするんですか?」

「そうですよ、真由子さんはお腹を引き締めた方がいいでしょう」

不意をつかれた真由子は、流星に両足首を押さえられ、腹筋を始めた。

(……けっこう、キツい、久しぶりに腹筋してるから……でも何でこんな事させられるんだろう……いつもの流星なら、もうとっくにイチャイチャタイムなのに……)

真由子は、流星スパルタコーチに促され、やっとの思いで10回の腹筋を終えた。腹筋が終わって流星にもたれ掛かるように甘えてみると、流星は真由子から咄嗟に身体を離して、こう言った。

「エッチなことはもうしたくないです」

「えっ、そうなんだ、何で？」

「いろんなお客様を見たんで、それで……」

ホテルに着く前に、掲示板書き込みを流星に告白して地雷を踏んでしまったことも分からず、鈍感な真由子は、流星に他に気に入ったお客様が出来たのかしら？ と思い落ち込んでしまった。真由子は気を取り直して流星に、23時までの予約時間を30分延長出来ないかと打診してみたが、

「今夜は無理です。家に帰ってエンジニアの仕事の勉強をしたいので、読まなきゃいけない本があるんです」

流星は毅然とした態度で延長時間を断った。そして普通にアロマオイルマッサージと腹筋運動をさせられた真由子は、予約時間終了の23時で流星と五反田駅で別れたのだった。流星はこの前の五反田駅での別れとは打って変わって名残惜しい様子は一切見せず、さっさと反対側のホームへの階段を、上がって消えていった。

五反田でのデートの夜にイケラブ掲示板への書き込みを流星にあっさり話して、すっかり流

星からドン引きされた真由子だったが、それでも恋は盲目ゆえの鈍感体質を続けるのであった。

流星にその後のLINEで真由子はもうイケラブ掲示板への書き込みはしないと約束をした。

この約束を、真由子はすぐに破ってしまう。掲示板書き込みの重大な影響をまだ深く考える事もない真由子だった。

真由子はコロナ禍で入場制限がかかっていたテーマパークのチケット抽選に当たり、7月の最終日曜日に2名分の予約が取れた。真由子は歓喜して、すぐさま流星にLINEで連絡して、来月末日曜日のロングデート9時間、10時から19時までをお願いした。流星は、あまり乗り気な様子ではなかったが、

『予約は了解です』

と返信が来ていた。真由子のテンションは上がった。この前のイケラブ掲示板書き込みをうっかり流星に伝えて、その後雰囲気が悪くなってしまったのも、テーマパークデートという一大イベントに一緒に行けたら、きっと挽回出来るはず！　テーマパークデートが楽しみな真由子は、プリンセスを彷彿とさせるような可愛いフレアワンピースを、ネット通販で見つけて購入した。髪の毛もオシャレにしたい。行きつけのお店の美容師さんと相談し、肩甲骨辺りまでの長さの下20センチを鮮やかなレッドにし、それ以外は頭頂部から筋感ハイライトでレッドを入

れた。鏡を見て、大胆なヘアカラーの仕上がりに真由子は大満足した。

（流星くん、このヘアカラー見て何て言うかなぁ……インパクト大だからきっと気に入ってくれるはず……）

どこまでもノー天気な真由子である。

7月末真夏の暑い日曜日、テーマパークデートの日となった。真由子は朝早く電車に乗り込んで、東京駅で千葉方面へ行く電車に乗り換えた。ちょうど10時、駅改札口の外に流星はちゃんと来て待っていてくれた。

ワクワクする真由子、一方の流星は真由子を見つけると軽く微笑んで、

「髪の毛、けっこう赤くしたんだね、思ってたより派手髪だな」と笑って言った。

テーマパーク内は入場制限のせいで通常と比べて空いていた。どのアトラクションもほぼ待たずにスムーズに乗れる快適な回り方が出来た。それなら楽しくて仕方ないはずなのに、真由子は今ひとつ浮かない気持ちだ。なぜならパーク内では流星が当然、真由子と手繋ぎして普通のカップルのように接してくれるとはなから期待していたのになぜしないのか？　真由子が流星に訊ねると、

「僕は、たとえ相手が彼女でもこんな暑い日に手繋ぎなんかしませんよ。だって手汗かいてる

でしょ？　真由子さんも。そういうの苦手なんで」

「そうなんだ……パーク内は手繋ぎしてくれるのかと思ってた。ガッカリ寂しいな……」

無理にお願い出来ないのが、お客様とセラピストとの関係。お店のホームページにも出張デートコースの規定などは特に示されてなく、それぞれのセラピストに接客は任せているのが、パラダイスアロマ店のやり方だった。

山の間を走り抜けるジェットコースターや、高い所から水しぶきを上げて落ちる乗り物などに連続して乗ったあと、出口に写真が貼ってあった。両手を挙げてバンザイして楽しそうに落ちていく流星の横、真由子は必死の形相で安全バーにしがみついて顔を伏せて写っていた。

（何これ、カッコ悪い、この写真は要らないわ……）

残念なことに真由子には楽しい記念のツーショットとはならなかった。

その後もパークの最新アトラクションや、シューティングゲームを楽しんだ。シューティングでは以前に何度かやった事のある真由子が前半流星を引き離して優勢だったが、そこは今どきの若い子であるから、後半の出口では点数も倍になって、流星が見事逆転勝利を収めていた。悔しがる真由子、余裕の笑みを不敵に浮かべる流星、ようやくテーマパークらしい楽しい雰囲気になってきた。早めの夕食をパーク内の和食レストランで済ませ、夕方の時間、パークの城の前を2人は歩いていた。立ち止まり2人それぞれに写真を撮り合う。真由子はテーマパーク用に不思議の国のアリスを彷彿とさせるような可愛いネイビーのワンピースを着ていた。裾が広がり配色が違うそのワンピースの裾を手に持って広げ、まるでプリンセスがダンスを踊る時のようなポーズで流星に写真を撮って貰った。その写真は良く撮れていた。奇跡の一枚である。何気ないショットは、惨敗する真由子なので、この可愛い写真は、真由子のその後の宝物となった。そして真由子はこのパークデートが決まってから考えていたお願いを流星に切り出した。

「あのね、流星くん、城の前で私に何か告白して欲しいの……」

「歩きながらでいいですか？　立ち止まっては、ちょっと恥ずかしいんで……」

「あ、はい、仕方ないな……」

本当は流星にひざまずいて言って欲しかったけど、強制出来ないので致し方ない。

「じゃ、言いますよ。真由子さん、これからも2人でいろんな場所に出かけて、たくさん思い出作っていきましょう！」

流星から心のこもった言葉を受け取って、真由子は嬉しかった。夢見ていた愛の告白とは違っていたけども、流星の一言一句噛み締めるような話し方は、真由子の心に沁み渡るようだった。夕暮れの中、パレードが始まった。並んで観ている中、ふと流星がこんな事を真由子につぶやいた。

「普段の俺の夜のプライベートな生活、真由子さんが知ったら、驚くだろうなぁ……」

あまりにも何気ないつぶやきだったが、真由子はその言葉に思いを巡らした。夜はバーテン時代のお店に毎晩飲みに行く、その後2丁目にも行く、お酒を飲んでばかりの生活のことかしら?……

真由子には、想像してもそれくらいの事しか思い浮かばなかった。最後の方に、幽霊屋敷の乗り物を3度連続で乗り、暗い室内で何度か真由子は、流星に、

「チューして欲しい。軽く口とか、ほっぺでもいいから……」

冗談ぽく、それでも勇気を振り絞って真由子は頼んだのだが、その願いは3度とも流星にスルーされた。流星は甘くないセラピストだった。今日一日中そんな風で予約時間終了の19時になるので、パークの外に出た。真由子は電車、流星は新宿までバスで帰ると言って出口で別れた。真由子が、せめて東京駅まで電車に一緒に乗って帰れるかと思ったのにと思いながら歩いていると、背中越しに流星に言われた。

「これからも長生きしてくださいねー」

（えっ、今なんて言われたの？　何か凄くお年寄りの人に言うみたいな感じ。流星くん酷い……）

真由子が振り返ると文句を言える位置に流星はまだ立っていた。走って戻って流星に文句を言おうかと真由子は思ったが…出来なかった。無事にテーマパークデートを終えたのに、最後にぶち壊すような事はしたくないと思ったのだ、真由子は。流星から、この前五反田デートの夜に掲示板にうっかりロングデートして仲が良い客だと書き込んだのを伝えてから、流星の真由子に対する態度は明らかに変わっていた。真由子への甘い接客は、まったくと言っていいほどなくなっていた。このように男性セラピストが、女性客に優しくない接客をする事を塩対応というのを、真由子は後にイケラブ掲示板で知るのだが、流星の接客は、まさにそれに近いものだった。

（今日一日、凄く楽しかったって思いたいのに、流星くん何だかやっぱり冷たかったなぁ……）

真由子は最後に流星からかけられた言葉を思い出して、悲しくなりながら、家路についたのであった。

8月最初の利用は、日曜日昼間からの新宿デートだった。いつもの新宿中央改札口に流星が待ち合わせ時間の12時ぴったりに現れた。可愛いワンポイントイラストが大きく付いたピンク色のトレーナーと黒いスリムジーンズ、ヒールが8センチもありそうな黒のショートブーツ、髪もふんわりヘアアイロンでセットされ、まるで現役のアイドルがグラビア撮影に来たような雰囲気である。

そんな流星を見た真由子には、凄く可愛いけど、ゲイの女装みたい（ネコ）というか、女性より可愛い男性として同性にアピールする雰囲気が漂っているように見えた。

テーマパークの食事の時、大学生時代、フィリピンのセブ島に1人で1ヶ月滞在した事があると流星が言ったので、後でネットで調べるとその地域は、ゲイの聖地と書いてあった。もしかして、やっぱりそっちの方面のヒトなのか？　そんな疑惑が頭の中をよぎる真由子だったが、気を取り直して、流星とのデートを楽しむことにした。パスタとケーキセットのランチをして、ぶらぶら新宿歌舞伎町方面を歩きながら、真由子が行きたかった綺麗なラブホテルに入った。流星がTVをつけると毎週日曜の午後やっているノンフィクション番組が流れていた。奇しくもLGBTの方の放送だった。ぼんやり2人で番組を視聴しながら、ふと流星がこんな事を言い出した。

「俺、SMに興味があるんですよね、思いっ切りサディスティックに女性を痛め付けたい願望が強くて……」

「えっー、女性が痛がるとかそんな事？　例えばどんな事をしたいの？」

真由子は、嫌悪感を感じながら、流星に訊ねた。

「そうですね、風呂場の浴槽に女性の顔を浸けて呼吸出来ないように押さえ付けるとかですかね……」

顔色ひとつ変えずに言い放つ流星に困惑して真由子は言った。

「えっ怖いよ、そんなの。性的に気持ち良くなる責めみたいなのなら、まだ私も理解出来るんだけど、水に顔をつけて呼吸出来ないように押さえ付けるとか、まったく理解出来ないわ」

「そうですか……心を開いてる関係性だと思ってたから、性癖を話したんだけど、理解して貰えなくて残念だな……」

そう返す流星に真由子は、女性を痛めつけたい願望を持っていることを理解するどころか、嫌悪感を抱いた。その後流星にマッサージを真由子はして貰い、その流れで2人は自然に性的関係を持った。真由子はマゾ女性の気分を味わう為、流星に首を軽く絞めるようにお願いしたら、手の大きな流星は片手で真由子の首を軽く締めた。でもSMっぽいプレイはそのくらいで、その日の2人の交わりはノーマルに終了した。夕方にホテルを出てタクシーで真由子が予約した個室料理店がある西新宿のビルに向かう。タクシーの中で真由子は流星の手に自分の手を重ねていったが、緩く流星は、それを振り払った。和牛肉が売りの個室居酒屋は高層ビルの49階にあった。個室の窓から見える西新宿の夜景が、とてもキレイだ。

真由子と流星は、2人で食事とお酒を存分に楽しんだ。流星は生ビールを皮切りに赤ワイン、そして濃いめのハイボールを7、8杯は飲んだ。

こんなにお酒が強いんだから、歌舞伎町でバーテンを苦もなくやれたんだろうと妙な感心をしつつも、予約時間の終了が迫ってくると真由子は寂しくなり、高層ビルの窓から見える西新宿の夜景をしょんぼりと眺めていた。それを見た流星が、

「真由子ちゃんは、やっぱり女の子なんだなぁ……」と言った。そして、お会計を済ませビルのエレベーターに乗ろうとした時、流星は突然、真由子を抱きしめて、こう叫んだ。

「真由ちゃんギュー!! 可愛いから抱きしめたくなるよ。真由ちゃん寂しくないからね」

酔った流星の酔狂と分かっていても、真由子は嬉しかった。2人っきりのエレベーター内でも何度も流星は、真由子を強く抱きしめた。新宿駅まで流星は、真由子の肩に手を回して歩きながら、こう切り出した。

「真由子ちゃん、もし俺が仕事で海外に行く事になったら、ついて来てくれる?』

突然のプロポーズのような言葉を言い出す流星に、相当酔っ払った上の言葉と真由子は理解しつつも、嬉しく思って返事をした。

「うん、流星くんの家の住み込みお手伝いさんとしてね、ついて行くね、もちろん……」

この瞬間を思い出すと、真由子は今でも幸せな気持ちになる。

拒 絶

この間の西新宿でのデートは久しぶりに楽しかったのだが、その後は、真由子が流星にLINEを送ってもなかなか既読が付かず、返信も少なくなっていた。真由子は流星がSMに興味があると言ってサディストだと告白したのを、最近の素っ気ないLINEと結び付けようとしたが、それは無理があった。

真由子は高尾山をハイキングする出張デートの予定を立てて、流星にLINEで伝えていた。店舗マッサージの予約も入れた。予約を入れると以前は必ず流星からお礼のLINEが来たのだが、一日待ってもLINEは来なかった。真由子はWEBから予約を取り消した。そして数日後また我慢出来ず予約を入れた。そして再び流星からのLINEを待ってみたが、それも返ってくることはなかった。何かがおかしい……。

（何なの？　何で予約したお礼の返信がないの？　もしかして掲示板書き込みの件が、尾を引いているのかなぁ……）

真由子の精神的な動揺と落ち込みは、次第に酷くなり、毎日何かしらＬＩＮＥを流星に送ってみるが、前みたいに返信は来なかった。

（どうしたらいいんだろう……こんな状態で高尾山ハイキング８時間出張コースなんて予約出来ないや……）

真由子はたまらずある夜、流星に電話した。東京オリンピックの真っ最中だった。

「はい、もしもし真由子さん、何か？」

「あ、あのね、コロナが蔓延してるし、オリンピックが開催されてる都内に出かけたくないの。だから高尾山ハイキングの８時間の予約をキャンセルさせて頂きたいです」

電話の向こうから明らかに不機嫌な流星の声が返って来た。

「この前から店舗予約２回キャンセルして、俺も楽しみにしていた高尾山ハイキングもキャンセルするんですね、真由子さんはもう信じられないな……」

真由子はなぜキャンセルする気持ちになったかを流星に訊いて欲しかったのだが、それもなく2人の間には白けた空気が漂うばかりだった。

電話を切った後、真由子はさらに落ち込んだ。8月後半、亡くなった父親の初盆の法事を地元で済ませて帰って来ると、8月最後の日曜日の昼間に僅かに流星の予約空き時間があったのでホームページから予約を入れてみた。自動で予約確定通知メールが返って来るはずが2時間経ってもなかったので、思い切ってパラダイスアロマの事務所に電話をかけてみた。

「あの、すみません、さっき2時間前くらいに花川流星セラピストの日曜日の12時から14時まで予約を入れたんですけど、予約確定メールが届かないんですけど?」

「ちょっとお待ちください。花川に確認してみますので……」

その15分後くらいだった。パラダイスアロマからメールが真由子に届いた。そこにはこのように書かれていた。

お客様へ

花川流星セラピストより、望月真由子様の接客は今後は不可と本人より連絡がありましたので、お客様は花川流星セラピストの予約は、今後一切出来ません。

驚天動地とはまさにこの事である。真由子はびっくりした。まさか流星からNG客にされるなんて考えてもみない事だった。

流星にLINEをしてみるが、既読は丸一日付かなかった。そして東京オリンピックが終了した8月の終わり、まるで世紀末のような事件が真由子に起こった。


自宅マンションの仕事用の部屋で眼鏡をかけた流星が醒めた目でパソコンの画面を眺めている。その画面には、真由子が最近1ヶ月流星の個人掲示板に書き込みした通知がずらりと並んでいた。真由子が6月初めに掲示板書き込みを告白した後、真由子に不信感を抱いた流星は、知り合いの業者に頼んで、真由子のIPアドレスをチェックし、掲示板に書き込みをするたびに流星のパソコンに通知されるように設定していたのだった。

真由子と出会ってすぐ、流星は真由子に対して特別な親愛の情が湧いたのは嘘偽りではなかった。2人の間には共通の興味や、シンクロニシティしたと思える事も複数確認出来た。鑑定師からも2人はツインソウルだと言われ、お互いそう素直に信じた。

それなのに真由子は、流星との大切な2人だけの関係をしょっちゅう書き込みしていた。

流星は、真由子に幻滅した。

（俺が思っていた真由子さんとは全然違う……）

幻滅以上に、真由子の書き込みは、人気セラピストである流星の他客への明らかな営業妨害となっていた。流星は、冷静に真由子をＮＧ客に指定する事を決断した。一度醒めた人間は、時として非情だ。

流星はなぜ真由子を突然ＮＧ客にしたのか？

サッカーの試合みたいにイエローカードを２枚貰うと退場となるなら分かり易いのだが、パラダイスアロマで流星のＮＧ客と指定されたのは、真由子にとってまさに青天の霹靂、突然落とされた鉄槌であった。そこまで自分が嫌われたなんて、確かに予約とその取り消しキャンセルの繰り返しをこの数週間してしまったが、それは、ＬＩＮＥに返信をまともにくれなくなった冷たい流星のせいで心が病んでしまったからなのに……。この時点で真由子は、流星に書かないと約束したイケラブ掲示板へ、まだ流星とのデートや会話のあれこれを書き込み続けている自分自身の行いについて考えが及ぶことがなかった。手前勝手と言うべきであろう。真由子は書き込みが、半ば習慣のようになってしまっていた。そしてそれを流星が、自宅のパソコンで通知チェックしているなんて想像も出来ない事だったのだ。ＮＧ客となった通知の文章が公式のＬＩＮＥに届いたら、今後はもう客として流星に会うのは不可能である。だがしかしパラダイスアロマの店の流星の公式のＬＩＮＥはブロックされたようだが、個人ＬＩＮＥはまだ真由子と繋がっていた。流星の店用のインスタも閲覧可能だ。

（良かった……これで何とか連絡を流星くんと取って、ＮＧ客を解いて貰うよう謝ってお願いしなければ……）

真由子は流星にＬＩＮＥを送った。

『流星くん、なぜ私をNG客にしたの？　なぜよ、酷い………』

流星から程なくして返信が来た。

『真由子さんは予約キャンセルを繰り返し、今月は5回以上となってます。そして僕との約束でもう書かないと言ったイケラブ掲示板への書き込み、まだ全然やめずに続けてますよね？　セラピストとしての僕にとって非常に迷惑行為であり、営業妨害です』

流星は、真由子をＮＧに指定した理由をきっぱりと伝えてきた。たまらず真由子は食い下がる。

『今後は、予約キャンセルも一切しませんし、掲示板にも書き込みを絶対しないのでお願いですから、流星くんのお客様として復活させてくださいm(_ _)m』

平謝りに謝った文章を必死の思いで真由子は流星に送った。するとまた流星から、

『その事については先ほどお答えしたのが全てですので変わりません。ただ僕が出た大学名や本名など、全て偽りの事をお伝えしていました。いろいろ嘘を伝えてしまった事は、申し訳なかったです』

『出張デートした時、クイズに答えて流星くんの下の名前を教えてくれたアレ、嘘だったんだ。そして私が最初に、出身大学を予想して当たりましたって言われて信じてたのも違うなんて……あんまりだよ……』

『真由子さんは、思い込みと勘違いが多いヒトなので……まぁ、申し訳なかったです』

『酷い……私は流星くんとツインソウルだって言われて信じてたし、ここまで実際の恋人みたいなコトをたくさんして仲良くしてきたのに……急に突然NG客にするなんて。最近ずっとLINEの返信もなく冷たくされてたから、キャンセルを繰り返してしまったんだよ。楽しみにしてたテーマパークでのデートもずっと塩だったし、精神的に落ち込んでおかしくなって、だから私……』

『テーマパーク出張デートで塩対応だと感じさせたのは申し訳なかったです』

その後しばらくして、可愛いイケメンが両手を広げて「おいで」と手招きするスタンプが流星から送られてきた。

（……もしかして流星くんはまだ私を少し好きなのかもしれない。じゃないとこんなスタンプ……）

真由子は再び流星にＬＩＮＥした。

『個人でお金を支払うので、それでデートとか、お客とセラピストとして会うのは出来ませんか？』

流星からの返信を待っていたが、それはなかなか来なかった。その代わりと言うべきかその日の深夜になって、

『……最後まで真由子さんに、俺の本音言えなかったなぁ……』

と短いＬＩＮＥが真由子に届いた。その意味を言外に汲み取った真由子はあまりにも切なく、涙がとめどなく流れ落ちた。

ツインソウルと言われて固い絆があると思われた２人なのに、突然の断絶が訪れた。


真由子は、数日後、気を取り直して流星にＬＩＮＥをもう一度送ってみたが、その日も翌日も既読にならなかった。おかしいと思い、真由子はスタンプを送信相手にプレゼント出来ればブロックされてないというのをネット記事で調べて、さっそくやってみると、真由子が流星に送ろうとしたスタンプは「お相手が持っているのでプレゼント出来ません」と表示された。おかしい？　もしかして流星がそのスタンプを本当に持っているのかもしれないと思い、真由子は別のスタンプをプレゼントしようとしたが、それも持っているのでプレゼント出来ませんと

表示された。

店用の流星のインスタを閲覧しようとすると、それも「ユーザーが見つかりません」の表示が出てきた。真由子は、呆然とした。流星と今年3月初めにパラダイスアロマで出会って、33歳も年の差があり、お客様とセラピストという関係性ながら、ツインソウルだとお互い発見して、まるで恋人のように過ごしてきたのに、その流星に完全に拒否されたのだ。

信じられない……真由子は呆然自失となりその場に座り込んで動けなくなった。真由子は流星のＬＩＮＥとインスタの拒絶が分かってから、絶望に打ちひしがれた。

流星と連絡が取れない、それが真由子の前に突き出された厳然たる事実だ。流星は真由子の存在を完全に拒否して、まさに振ったのだ。真由子は最近、流星と上手くいかない事に悩み、夜布団に入ってから、電話霊感占いを利用するようになっていた。実際、安い先生で1分250円、人気の先生になると1分300円から400円以上の先生もいた。そんな高額な占いに一回30分近くかけると軽く1万円が毎晩のように引き落とされていった。金額のことを考えて利用を控えるという冷静な判断力なんてものを真由子は、とうに失っていた。流星の気持ちを知る為、そしてどうすれば、またいつになったらＮＧ客を解いて貰えるのか？　電話の向こうの霊感占い師に、すがる思いで毎晩、1人の先生の答えが気に入らない時は、2人目の先生まで聞いたり、いわゆる占い師巡りのジプシー状態が始まっていた。

「NG客が解けるまで半年、いや1年間はかかりますね……うーん、ちょっと厳しい状態ですよ」

大半の占い師の先生は、ほぼ同じような見解で、あまり希望が持てるような答えは頂けなかった。ある占い師が約3ヶ月クリスマスまでにNGが解けると言ってくれたので少しだけ希望が持てたが、それでも3ヶ月も待つのは苦しい……。真由子は泥のように沈んだ気持ちで毎日を過ごしていた。

今思い返しても、その頃の記憶は、辛過ぎたせいか大半を脳が消去したのか、真由子自身、詳細をあまり思い出せないでいる。

横浜のセラピスト

辛い気持ちが増すばかりの中、真由子は横浜の女風（女性用風俗の略称）セラピストのカオルを思い出していた。

流星と同い年のカオルは、横浜の人気セラピストで流星に負けず劣らずのイケメンっぷり、やや明るめの茶髪で華やかな雰囲気のルックスだ。真由子はカオルの見た目にも惹かれたが、何よりカオルのお客様が接客サービス後の感想の口コミに、丁寧で心のこもった返信をしているのを読んで好感を持った。それでどうしても会いたくなり、流星にも横浜のカオルとカラオケするのを伝えてデートした事があったのだ。実際会ったカオルもかなりイケていたのだが、真由子の本命はやはり流星、そこは揺らがなかった。カオルの性格はフレンドリーで気配り上手、そして育ちの良い雰囲気があったので、真由子が訊くとカオルはあっさり、実家が地元では有力な会社を経営しており、3代目になるカオルは、将来的には現在社長の父親の跡を継ぐのだと言った。海外への留学経験などもあって、英語も得意な、これまた流星に負けていないハイスペイケメンなセラピストだった。

流星とカオル……真由子は、直感的に2人は同い年で共通点も多いし、ちょっと俺様タイプの流星に対して、カオルは明るく相手を立てるのが上手な性格だったので、2人を引き合わせたいなぁと思ったのだった。しかしその後も真由子は流星とのデートに夢中で、カオルの事はほぼ忘れた状態だった。流星のNG客となりLINEブロックもされ途方に暮れた真由子は、思い切ってTwitterから横浜のカオルに連絡してみた。

『お久しぶりです。カオルくん、覚えてますか？　5月にカラオケデートした真由子です』

『もちろん覚えてますよー。真由子さんお久しぶり、元気してました？』

『実は、パラダイスの流星くんに、予約キャンセル繰り返したら、NG客にされたの。そしてLINEもインスタもブロックされちゃった(T.T)』

『えっ！　ホントに？　真由子ちゃん大丈夫？』

『全然、大丈夫じゃないよ、もうメンタルボロボロ……』

『オレでよければ話聞くから、何も考えず出ておいでよ』

『有難う、カオルくんに聞いて貰って慰めて貰いたいです』

『任せてください。オレに何でもぶつければいいからね～』

さすが横浜店の人気No.2セラピストだけあってカオルの対応は素早かった。横浜駅周辺で待ち合わせが出来るので、湘南住まいの真由子には距離的にも横浜店所属のカオルの方が会いやすい。横浜駅の新しいファッションビルの入り口の前で待ち合わせて、駅近の落ち着いた個室居酒屋に入り、カオルと真由子は向かいあって飲食を始めた。

カオルは目の前に来た焼き魚の白身をあっという間に食べやすいようにほぐしてくれる。おしぼりもサッと渡してくれ、前回会った時よりサービスの仕方もかなり手慣れた感じになったカオルに、真由子は心地良さを感じていた。カオルはとにかく優しく真由子の話を聞いて、細やかに気配りをしてくれた。

「カオルくんに会ったら何だか救われた気分よ」

「少しでも真由子さんの気がまぎれたら良かったです。オレでよければ、いつでも呼び出してください。真由子ちゃん大好きだから大歓迎だよ」

駅の改札前で別れる前に気持ちよく真由子はカオルに3時間の居酒屋デートのギャラをお支払いした。

改札を入り、真由子の姿が見えなくなるまで、カオルは、手を振ってにこやかに見送ってくれた。

（カオルくん、めっちゃ優しかったなぁ……性格は流星よりカオルくんの方がいいかもしれない。気配りを凄くしてくれるし、でも、私はやっぱり衝撃的な出会いから、ドラマチックに関係が進んだ流星くんがたまらなく好き……）

カオルの優しさにだいぶ気分が救われた真由子だったが、流星への想いまでは、揺らぐことはなかった。

スパイ大作戦

横浜の人気セラピストのカオルとの居酒屋デートでしばらくは気分が持ち直したが、数日で真由子の気分は最低な状態に戻ってしまっていた。そしてやっぱり流星に会いたくてたまらない思いが真由子の胸には湧き上がってきてどうしようもなくなった。そういえば昨日、例の電話霊感占いで30代の若手男性占い師からこんな事を言われた。

「そんなにそのセラピストに会いたいなら、格安携帯でも別に契約して別人として予約してイチかバチか会いに行けばいいんじゃないですか？」

（別の携帯で、別人として予約……その手があったか……）

真由子は目から鱗が落ちたような感じになった。確かにパラダイスアロマはマンションの部屋の中で男性セラピストと2人きりでマッサージを受けるサービスで、事務所も離れていてスタッフに確認される事もないシステムだ。ルール違反だと真由子は重々承知しながらも、恋しい流星に会いたい気持ちを死んでも抑え切れないくらいになっていた。翌日には近所の格安携帯ショップで一番低価格の2台目携帯を真由子は契約購入した。

（これで別人の名前でメアド登録したら予約出来て、もう一度、流星に会いに行ける！）

決心した真由子は、素早く偽名を青木まなみとして新しいメアドを作り、パラダイスアロマのホームページからWEB予約を開始した。流星の予約の空きは明日土曜の昼12時から14時までの最初の時間だけであった。そこに真由子は無事予約を入れた。予約を取ったと同時に真由子の期待以上に不安が一気に膨らんできた。マンションのドアを開けてNG客の私が来たと分かったら、流星はいったいどんな態度を取るのだろうか？……真由子だと分かった途端、ドアから押し戻してピシャリ！と無言でドア外に閉め出されるのだろうか。

「真由子さんですね、NG客ですから帰って頂きます。そして事務所に報告しますね」

このような素っ気ない態度を取られるかもしれない。基本的に流星自身からの要望で私はNG客に指定されているのだから……。想像しただけで真由子は、とんでもなく恐ろしくなってきた。流星自身に手酷く拒否されたら、もう二度と立ち直れなくなりそうだ……だがしかし、そこまで行動してみて拒否されるなら、やっぱり本当に嫌われたんだと確認出来て諦めが付くかもしれない……そんな思いに至った。NG客に突然なって、その原因が予約キャンセル繰り返しと、掲示板にキワドイ流星とのラブラブエピソードを複数回、書き込みしたのが原因だと分かっていても、以前までの流星が真由子に見せていた甘く優しい態度を思い、個人的にまだ特別な自分への好意が残っているはず……その想いを捨て切ることが真由子は出来なかった。

いよいよ予約日の土曜日が来た。真由子は渋谷駅を降りて僅か数分で着くパラダイスアロマの部屋が入ったマンションに到着した。約束の12時ちょうど、マンションのチャイムを恐る恐る鳴らす。中から反応はなかった。2度目のチャイムにも応答なし、もしかして何かでNG客の私だとバレたんだろうか？　真由子は途端に不安になり、マンションの外に出て事務所に確認の電話を入れた。真由子は心臓が飛び出んばかりの動機を感じていた。生まれて以来、聞いた事もないような激しい動悸だった。本当に心臓がバクバクとするのを感じて、真由子は気がどうかなりそうになりながらも、予約も自動システムで、事務所の人とは関わった事もないのだから真由子の声を聞いても分かるはずはない、そう自分を奮い立たせて、事務所が電話に出るのを待った。

「はい、パラダイスアロマです」

「もしもし青木と申します。本日12時より2時間、渋谷店で花川流星セラピストに予約したものですが、先ほどマンションのチャイムを2度鳴らしましたけど、出てこられなかったのですが……」

「あっ、そうですか。すみません、只今連絡を取りますので、少々お待ちくださいませ」

数分後、

「もしもし青木さん、すみません。花川と連絡が取れましたが、寝坊したらしく20分ほど遅刻するそうです。大変申し訳ございませんが、マンション近くのどこかでお待ち頂けますでしょうか?」

流星は何と寝坊して店にまだ来ていなかったのだ。心臓が飛び出んばかりの動悸を感じながらも真由子は、努めて冷静を装い、

「あ、分かりました。じゃあそこら辺を散歩でもして、20分後にまた部屋に伺います」

渾身の演技力で冷静に明るく答えて電話を切った。

(ヤバいよ、ヤバい2ヶ月近く会えなかった流星くんにいよいよ会える。あー、でも怖い、会って気づいた瞬間、流星の表情が険しく嫌悪感に変わったらどうしよう?………)

真由子はそんな風に最悪の光景も予想したりしつつ、激しい動悸に胸が苦しくなりながらも、必死の思いでパラダイスアロマの部屋があるマンションに戻って来た。

真由子は手足がガクガクと震えて心臓が胸から飛び出してしまいそうな激しい動悸をずっと感じながら、マンションの階段を上った。2階から3階への階段を曲がって小さな踊り場に立った瞬間、不意に301号室のドアが、ガチャっと開いた。そしてその半開きのドアの間から流星が階段下の踊り場を覗きこむように身を乗り出していた。

「あっ、青木さん、大変すみませんでした。遅れてしまって」

申し訳なさそうに謝罪する流星に、真由子は一瞬、身が縮まる思いがしたが、真由子だと悟られないように精一杯頭を下げて顔を見られないようにしながら答えた。

「あっ、はい大丈夫です」

しどろもどろになりながら、頭を下げて顔を隠すようにしながら階段を上り、部屋のドアまで辿り着いた。

「あっ、どうぞ」

顔を見られた瞬間に閉め出されたら終わりなので、真由子は顔を斜め下に向けたまま、身体をドアの内側に滑りこませた。取り敢えず流星と話す事は出来そうだ。

流星は、手前の部屋の扉を開けて真由子を奥の長いソファに案内した。真由子が座るとその前に流星は膝まずいて、

「青木様、今日は予約時間に大変遅れてしまって申し訳ございませんでした」

とまた丁寧に頭を下げて謝罪してくれた。

いくら薄暗いとはいえ、こんな至近距離でまだ流星は、私に気付かないのだろうか？……真由子は恐る恐る流星に訊ねた。

「あっ、あの……私のこと青木さんだと本当に思っていますか？」

２人の間に一瞬の静寂が流れた。

「いやー、さっきドアを開けて階段下見た瞬間に気付いたよ」

さっきまでの流星とは打って変わって、いつもの落ち着いた冷静な話し方に戻っていた。

（こ、怖い……この後何を言われるの？　私……）

真由子が身がまえた、その時だった。

「やったあ!!　真由子ちゃん、俺めちゃくちゃ会いたかったよー!!」

流星が不意に立ち上がり、飛び跳ねるように真由子に抱きついてきた。

（えっ流星くん、会いたかったって言って私に抱きついてきた……えっ）

突然の流星の変化に真由子は、心底びっくりした。気持ちが付いていかない状態で流星に抱きつかれ放心状態に陥る。流星はまるで、お留守番を長くさせられた室内犬にやっと飼い主が戻ってきたような感じで、嬉しさ全開で真由子に飛びつき抱きしめた。真由子は、感動するほど嬉しかった。

（流星くん、私と再会してめちゃくちゃ喜んでる。この2ヶ月、会えない、連絡も一切取れない音信不通状態で地獄に堕ちて私は苦しんだけど、一瞬で世界は劇的に色つきの世界に変わった。迷ったけど、思い切って行動してここに来て良かった……）

真由子は、拒絶や事務所に報告される危険なリスクがある賭けに完全勝利した。そしてニコニコと笑顔が止まらない流星はこう言った。

「真由子ちゃんが、前掲示板のパラダイス店の俺の個人スレに、流星くんと私は恋人同士みたいな関係になってますって赤裸々に書いたのを事務所の人に見せたら、『このお客は、即刻NGに』って、LINEとインスタをオーナーの目の前でブロックさせられたんだよオレ……だからごめんね……真由子」

「そうだったんだ。でもしょうがないよね、私が流星くんを好きなあまり、他のお客様に取られたくなくて、私が恋人です。みたいな書き込みしちゃったんだから……」

真由子がそう言うと流星が、

「そうだよー。真由子ちゃんが、そもそもイケナイ事したからなんだよ。これからは二度とも う掲示板には、書き込まないいって約束してくれるかな？」

「う、うん、もちろんだよ！」

真由子はしっかりとそう答えた。2人はベッドマットに向かい合って寝そべりながら、2時間の予約時間内、今日はマッサージなしでこれまでの事を話し、途中何度もお互いを強く抱きしめ合うハグを繰り返した。真由子は流星に強く抱きしめられるたび……あーホント、生きてて良かったあ……この瞬間を夢見て、私は決死の戦線を乗り越えて来たんだわと思った。まるで敵方の目を欺いて、捕虜に囚われし我が愛しの王子様に会えた、変装して忍び込んだ姫のような気持ちだった。そんな劇的な再会を真由子と流星はしたのだった。

「LINEを削除したから、新規で登録させて。真由子ちゃんと俺で、あちこち出かけたい所がまだまだたくさんあるんだよー。お台場のデッカいゲームセンターとか、ロッククライムするアトラクションとかあるの。車で箱根に行って温泉入るとかもいいなあ……」

(おいおい、ロングデートの費用と流星くんの日当まで私が支払うんだけどな……)

急に甘えたリクエストを出してくる流星に真由子は少し戸惑いながらも、それより何より自分が流星に嫌われておらず、事務所のせいでNGになった事実を知って喜んだ。そんな中、真由子はつい愚痴をこぼした。

「流星くんに連絡も取れない辛さのせいで、私毎晩、高い電話霊感占いを何十回もしてしまったよ。人気の先生は10分で3000円以上もかかるんだから……」

その話を聞いた流星の目の色が変わった。

「じゃ、真由子ちゃんとの通話は10分2000円にしようっと!」

何の躊躇もなくそう言ってのける流星に、真由子は内心戸惑いを隠せない。

（ＮＧ前までは、頼んだらＬＩＮＥ通話で30分とかしてくれたのに……有料しかも霊感占い並みに高く私から通話料を取ろうとしているなんて……）

それでも終始ご機嫌な様子の流星に何も言えず、その日の予約時間内は仲良くイチャイチャした。

（私は流星くんにお金を多く出せる客だから、私が戻って来た事を流星くんは喜んだのかなぁ……）

大きな喜びの後、複雑な思いを抱きながら、わざと反対回りの山手線に乗って東京駅で降り、東海道線に乗り換えて湘南の自宅に真由子は帰っていった。

Chapter 3

東京フェイクLove♡

横浜トリプルデート

そんなこんなで真由子は偽名の青木まなみさんとして、パラダイスアロマの流星のお客様として密かに復活した。流星とは楽しくＬＩＮＥもしていた。店で劇的に再会して数日後、流星から真由子にＹｏｕＴｕｂｅのミュージック動画が送られてきた。

「等身大のラブソング」という、それは見事にストレートなラブソングだった。歌詞には、おまえは俺だけの運命の女性みたいなフレーズばかりあって、これを聴いた真由子は、流星の自分への想いは、やはり本当に恋人や彼女みたいなんだなぁと確信した。

『真由ちゃんに、いつか俺がＩＴエンジニアとして仕事してる姿を見て貰いたい。女性相手の仕事だから、いろいろ気を使うけど俺は真由ちゃんには、本当の気持ちを伝えてるよ。だから余計な心配はしないでね』

このＬＩＮＥを受け取って真由子は、涙が出るほど嬉しかった。出会ってトキメキあってラブラブになって過ごした日々が、奇跡的に戻ってきたのだ。真由子は、流星と横浜のカオルと３人で遊んだら楽しいんじゃないかと考え、流星とカオルにＬＩＮＥやメールで相談したら、２人から快諾された。２人のシフトの空きが上手く重なる日を探すと、10月最終の日曜日の昼から夕方前までなら人気セラピストのシフトの空きを奇跡的に重ねられた。そこで真由子がそれぞれの店に別々に予約した。

3人で横浜で遊ぶ計画が決まって、真由子は絶好調にウキウキしていた。いよいよその日が近づいて来た前日、真由子は流星にＬＩＮＥを送った。がしかし数時間、未読のままだった。今になって思えば忙しい流星、そうじゃないとしてもＬＩＮＥの数時間未読は、ごく普通にある事だ。

真由子は最近の流星の反応の良さに調子に乗っていた。そして本来の我儘で子供っぽい性格が不意を突いて出てしまった。

『流星くん、既読と返信が遅過ぎる。私、イライラしてくるんだけど……（怒！）』

『真由子ちゃん、俺だって仕事もあるし、すぐにLINE返せない時だってあるよ』

『イヤよ！　LINEなんて数秒あれば返せるじゃないの。流星くんLINEすぐ返してくれないと、嫌だ!!』

真由子は、まるで駄々っ子みたいに流星にそう送ってしまった。すると流星からすぐに返信があった。

『真由ちゃん、やっぱり前と性格変わってないね。俺やっぱり横浜の3人デートは、キャンセルするよ』

真由子は、びっくりした。まさか流星にキレられ、楽しみにしていた横浜での3人デートに来ないなんて……真由子は慌ててLINEした。

『えっ、お願い待ってよ流星くん』

でもLINEは既読が付かない……。

（ま、マズイ。流星くんを本気でキレさせちゃった……どうしよう……）

さっきまでの強気の真由子はどこへやら、絶望感に襲われた。

（どうしよう、どうすればいいの？）

すると今度は横浜のカオルからLINEが飛んで来た。

『真由子ちゃん、流星くんから日曜日横浜には行かないことにした、ごめんねってLINE今来たんだけど……』

慌てて真由子はカオルにLINEする。

『さっき私が流星くんにLINEの返信素早くしなさいよ！　って強気に送ったら、流星くん本気で怒ってしまったの、お願いだから、私が悪かった、謝ってるから楽しみにしてた横浜トリプルデート来てって、カオルくんのLINEで転送して。私もうブロックされてるみたいなの』

真由子は、顔面蒼白、もう必死である。

『おけ、分かった。すぐ真由子ちゃんの謝罪LINEを流星くんに転送してあげるから待っててね』

『カオルくん、本当ごめんね、有難う(涙)』

すると五分くらいで、真由子に流星からLINEが送られてきた。

『カオルくんから真由ちゃんのLINEが送られてきて読んだよ。もう分かったみたいだね。横浜は、3人で楽しく過ごそう!』

『流星くん、有難う(T.T)』

真由子は57歳、流星は24歳。親子ほどの年齢差なのをすっかり忘れて、息子より年下のセラピストにガチ恋して、良く言えば乙女、悪く言えば、状況が見えていないイタイ客になっていた。

実年齢より魂年齢という言葉もあるけれど、真由子の意識は、年齢のことなど宇宙の彼方に飛んでいってしまっていた。


いよいよ横浜トリプルデートの日がやって来た。

以前に真由子は電話占いで、女性占い師に、

「実は、流星くんと真由子さんはツインレイですけど、真由子さんが流星くんに紹介して3人

で会いたいと言ってる横浜のカオルくんは、貴女達2人のさらにトリプルレイという魂の繋がりが強い存在ですよ。過去世でも3人は出会って一緒に過ごした時があるので、今世も巡り合い懐かしい気持ちで、3人で一緒に会おうとしているのですよ」

と言われていたのだ。トリプルレイはツインレイを助けてくれる存在らしい。実際この前、真由子が高飛車なLINEを送って流星を激キレさせた時、カオルが仲立ちしてツインレイの2人を仲直りさせてくれていた。

(本当、不思議だなぁ……ツインレイだけじゃなくて、トリプルレイって存在もあるんだ。そう、カオルくんは凄く優しいものね……ツインの流星くんとはお互い気が強くて少し短気で似てるから、すぐぶつかってしまうけど、カオルくんは優しくて私達のクッションみたいになってくれている。喧嘩もすぐ治めてくれるトリプルレイって有難い存在だなぁ)

そんな感想を持った真由子は、3人はトリプルレイであると言われたのを流星とカオルにもLINEで伝えていた。

10月最終の日曜日、真由子が横浜駅に到着し、中央改札口を出るとカオルが既に待っていてくれた。ネイビーのコートにベージュのパンツ、生成りのシンプルニット。カオルは、品よくキレイめなコーディネートをしていた。真由子もネイビーのニットに花柄スカートを組み合わせたワンピースを着ていて、打ち合わせていないのに、色味がバッチリ揃ったのだった。

11時を数分過ぎて流星から真由子にＬＩＮＥ通話が掛かってきた。

『ヤホ！　横浜駅に着いたんだけど、中央改札口じゃない所に出ちゃったから、今からそっち向かうね』

ほどなくして流星が、真由子とカオルの前に現れた。10月の下旬だというのに流星の格好はお決まりの黒パンツの下は足首丸見えで、履いてないかに見える短い靴下に黒革靴スタイル。黒ジャケットは薄手で完全に夏物。インナーはグレーのボーダーＴシャツ。元はお洒落だったと思うけど、首元がよれていて、くたびれまくった雰囲気。

（野良犬みたい……。カオルくんがキレイ目だから、比較するとキツイかも。もしかして夜通し飲んでオール明けで来た？）

流星の変な格好、野良犬スタイルにテンションが下がった真由子は思わず流星に声をかけた。

「なんかさー、流星くんの格好、真夏みたいなんだけど……」

少し文句を言う口調の真由子の様子を瞬時に感じ取ったカオルが、横からすかさず口を挟んだ。

「いやー、流星くんは顔が素敵だから、服装なんて何着てても、顔でカバー出来ちゃうよー！」

ニコニコと満面の笑顔で、ナイスフォローをした。さすがトリプルレイのカオルだ。３人は横浜駅西口からタクシーに乗り込んで目的のみなとみらい遊園地に向かう。タクシーを降りる時カオルが言った。

「タクシー代は、オレがもう精算したから大丈夫だよ」

いつのまにかカオルは、タクシー代の精算を素早く終えていた。本当に気が利くシゴデキ（仕事が出来るの略）セラピストだ。

今日の横浜は、気分も上がる最高の秋晴れだった。流星、カオル、真由子の3人で目的の大観覧車に乗る列に並んだ。動画と写真で、流星とカオルのツーショットを自分の携帯に次々と撮って収める真由子。新宿から来た流星と横浜のカオルは、今日が初対面とは思えない和気あいあいとした雰囲気だった。その様子はまるで昔からの親友のようだ。

真由子が予想した通り、いやそれ以上に流星、カオルのコンビはぴったりだった。大観覧車の中で3人は交互に流星と真由子、カオルと真由子、流星とカオル、そして3人横並びでスリーショットを撮り合う。

後から見たが、快晴のみなとみらいの景色の中、最高の写真が何枚も撮れていた。そして、2人が小学5年生になり、真由子がママになって親子ごっこがしたいと真由子が提案すると、流星はノリノリで真由子の横でぴょんぴょん飛び跳ねながら、

「ママ、ママ、ママー!! あっち行きたいよー!」

とねだる息子を熱演した。その様子をカオルは、動画で撮ってくれた。カオルはそういうノリは恥ずかしいようだった。流星はクールなイケメンで最初は構えているが、打ち解けると、愛嬌のあるボケもするとても可愛らしいチャーミングな青年でもあった。

大観覧車が終わり、みなとみらいから中華街に歩いて向かった。賑やかな中華街をイケメン2人と歩く真由子の気持ちは、これ以上ないくらい華やいだ楽しい気持ちだった。対面占いをしたい真由子は、中華街も詳しい横浜のカオルに道案内をして貰い、有名な占いの館に行った。

まず真由子と流星。流星は真由子との相性占いを希望したのだが、真由子は流星に自分の本当の年齢を教えるのが嫌で(もうとっくに流星にはバレていたのだが……)、流星だけの宿命、運命、性格などを総合で占って貰った。

「流星さん、貴方は親元から早く独立したんじゃない。手を見せて。あら、これは本当に独立心が強いわねー。そして貴方は何かの技術者なのかしら? 頭が凄くいいわ。そして今後は、独立して仕事をやりたいと考えてるようね」

流星は、少し椅子に背をつけ、ふーんといった様子で占い師の話を聞いていた。

「独立は出来るけど、焦らず、取引先をある程度固めて35歳くらいを目処にがいいわね。あまり早くすると大変だから……」

素晴らしい占いをして貰い、今度はカオルと真由子で先生の前に座った。今日の2人のギャラも遊び代、飲食代、占い代に至るまで真由子が支払うので、占い師の話を当然、一緒に聞くのだ。

「カオルさん、貴方はまず実家に凄く恵まれてると出ています。とても裕福な家系ですね。両親の愛にも恵まれてますね、特にお母様が優しい方ね。貴方はそのお母様によく似てるからとても気が細やかで優しいって出てるわ」

占い師はカオルの状況もほぼ完璧に当てた。愛想の良いカオルは、前傾して占い師の話をしっかり聞くので、占い師はカオルの時の方が流星より楽しそうだった。

（さすが、横浜のNo.2のカオルくん。女性への対応が柔らかいから好かれるわ。流星の駄々っ子みたいな態度と比べると大人だなぁ……）

真由子が占い料金を支払い、真由子が何度か家族で来たことのある北京ダックが有名な店でようやく遅めのランチとなった。アラカルトで注文する時、流星の頼むメニューがいくつも真由子の頼みたいものと被った。例えばトマトと卵の炒め物とか、やはり流星とはツインだなぁ……と真由子は実感する。横並びの流星、向かい合わせに座るカオルが注文するメニューは、特に真由子と重ならないのだから、トリプルとツインは少し違うようだ。ランチが終わった後、３人で横並びに仲良く腕を組んで歩きながら、中華街の有名な天長門を通って行った。

そしてカオルが楽しそうに言った。

「トリプル！　トリプル！　俺達3人だとめちゃ楽しいよねー。もう３人で将来的に結婚しないか？」

カオルの提案にみんな大笑いした。

最高に楽しいトリプルデートの時間だったが、流星、カオル共に夕方から、次のお客様の予約が入っているので、東急線の中華街駅で解散することにした。がしかし都内に２人が向かうのを１人見送る寂しさに真由子は耐え切れず、電車に同乗して２人に付いて行った。流星が渋谷で降り、カオルが新宿に着いて、新宿の改札でカオルに優しくハグして貰い、真由子はカオルの対応に満足して帰途についた。夜になって真由子が携帯を見ると流星からＬＩＮＥが届いていた。

『真由子ちゃん、今日は横浜のカオルくんと3人でデート出来て、最高に楽しかったよ。写真もどれも写りが良くて、送ってくれて有難うね。カオルくんは、いい奴だね。俺、これからも仲良くしようって思ってるから、紹介してくれて、本当有難う』

普段は1行くらいなのに、珍しく少し長めの文章を流星は送ってきていた。

真由子も、今日の3人のスリーショットや、それぞれのツーショットを見返しながら、最高に幸せな気持ちに浸るのであった。ロングのお客様のカオルからも、合間にLINEが来ていた。

『今日は、流星くんと真由子ちゃんと3人で遊んで最高に楽しかったです。またこの3人で遊べたらいいなぁ……って思いました笑』

真由子は、3人で腕を組んで中華街の天長門をくぐる時、私の人生のハレの日だ！　両腕にイケメン2人を連れて、人生のハイライトが今、この瞬間かもしれないと、胸に込み上げる感動が湧き上がったのを思い出す。

（まるで、ドラマや映画のワンシーンみたいだわ……）

流星24歳、カオル25歳、真由子57歳のトリプルレイ3人の最高デートの日が終わった。

そしてその年の秋冬に、さらに何度か3人で集合して遊んだ。最高のシーズンを過ごしたと言い切れるような3人での日々は、真由子が一生忘れられない想い出となった。

薔薇の花束の誕生日会

11月の最初の日曜日が真由子58歳の誕生日だ。流星にその日は長い時間会えるように18時から8時間ロングで予約を入れた。その数日前になり、仲良しの横浜のカオルも真由子は誕生日会に来て欲しくなった。カオルのギャラもあるが、記念すべき誕生日会にする為、出費は惜しくない。さっそくカオルにＬＩＮＥでスケジュールを確認すると、

『日曜日？　えっとこの日は、横浜、千葉、そしてまた横浜とハードスケジュールではあるんだけど……いや真由子ちゃんの為なら。流星にも会いたいし。月曜日の仕事のために日曜は早く上がる予定にしてたから、それ終わりで新宿のホテルに駆けつけるよ』

カオルは、真由子の頼みを忙しいスケジュールなのに快諾してくれた。これでトリプルレイ3人でまた集合出来る。真由子は、毎日ドキドキしながら、その日が来るのを待っていた。流星には真由子の方から、今までの人生で好きな男性にやって貰いたかったことを、思い切って頼んでみることにした。

『流星くん、私のお誕生日会、横浜のカオルくんも、他のお客様入ってるから遅くなるけど、終わったら新宿来てくれるって』

『それは良かった。また3人で会えるの、めっちゃ楽しみだよー』

『それで流星くんに私、お願いがあるの。薔薇の花束をね、私にプレゼントして欲しいの。私、男性から今まで一度もプレゼントされた事がなくて、憧れてるんだ……流星くんみたいなイケメンが、薔薇の花束抱えて待ち合わせ場所に来たら、凄く素敵でしょう？　もう映画みたいだな……って想像しちゃってうっとりするわ』

『薔薇の花束かぁ……いくらくらいになるんだろう……分かったよ』

『わーい、絶対お願いね、本当に凄い楽しみだよー』

『オッケー!!』

いよいよ誕生日の日曜日が来た。

誕生日会をやるホテルは女子会パーティーにも最近は使われる有名なホテルにした。夕方になり自宅のある湘南からＪＲで向かう。

夕方18時に新宿中央西口改札前にある真由子の大好きな電子ウォールの前で、いよいよ流星くんとの待ち合わせだ。

（あの極上のイケメン流星くんが、私の為にどんな薔薇の花束を買って来てくれるんだろうか……真紅の薔薇かしらん……）

24歳のキラキラした流星が、薔薇の花束を腕に抱えて待ち合わせ場所に登場する事を考えただけで、真由子はワクワク、ドキドキが止まらない。

日曜日の夕方、新宿中央西口改札口向かいの電子広告が華やかに流れる壁の前に真由子は立って待っている。今日は大人のイイ女風を意識して探したシックなワントーンのワンピースで、真由子は、精一杯お洒落にキメてきたつもりだ。足元は、ヒールのある黒いパンプス。普段とは別の真由子、そう今夜は、自分が物語の主人公になれるのだから……。

真由子の腕時計が18時になったと同時に西口小田急側から流星が、いつもと同じように現れた。

深い緑色のベルベット素材のジャケット、黒いスリムなパンツ、そして流星お得意のヒール高めの黒いショートブーツ。その姿はヨーロッパの貴公子そのまんま、華麗なるイケメンの面目躍如といった感じだった。

流星の腕には、少し小さめだが5色のキレイな薔薇とカスミ草がアレンジされた花束が抱えられていた。

「真由子ちゃん、誕生日おめでとう！」

「わー、本当に薔薇の花束だ！　流星くん、有難う……」

真由子は、感激で胸いっぱいだった。

「いやー、花屋さんから待ち合わせのここまで歩いて来るの、かなり恥ずかしかった」

そのまま真由子と流星は腕を組んで新宿東口のホテルへと向かった。歌舞伎町のホテルの部屋に入り、真由子と流星は、誕生日祝いのシャンパンで乾杯し、テーブルに広げたフードをつまむ。そして1時間もしないうちに、真由子と流星はシャワーを浴びて大きなベッドの中で抱き合った。真由子の求めに応じて、そのまま大人の男女関係を持った。真由子は最高に幸せだった。

「誕生日に薔薇の花束貰えて幸せ～」

「真由子ちゃんが、喜んでくれて良かったよ、本当……」

真由子は、ベッドの横に寝そべる流星に不意に質問を投げかける。

「ねえ、流星くんにとって、私は、どんな存在なの？」

「……うーん、オンリーワンって感じかな……」

（オンリーワンかあ……凄く素敵な言葉だわ。さすが流星くんだ……言葉の重みを感じる……）

真由子への想いを表わすような表現をシンプルな言葉で伝えてくれた流星に、真由子は特別な感慨に浸る……そして流星が真由子を腕の中にしっかりと抱きしめた……。

そんな充実した甘い時間を過ごす2人だったが、横浜からカオルが23時前に到着するというので、起きて服にまた着替えて過ごす。流星は、花束が入っていた大きな紙袋に、シンプルな目、鼻、口をボールペンで描いて、それを頭からすっぽりと被って、真由子の前にしれっと座っている。

面白い。プライドが高い流星だが、お笑いも好きで、時々ユニークな発想をする。そのシュールな被り物をした流星の姿は、流星のシャイな素顔が現れているようで、面白いけど真由子にはとても可愛らしく見えていた。

23時過ぎに部屋のチャイムが鳴った。ドアの外には、横浜から駆けつけて来たカオルが、息が上がった状態で立っていた。よほど頑張って来てくれたのだろう……カオルも部屋の中に入ってようやくトリプルレイの集合となった。

流星とカオルがハイタッチで挨拶して軽く抱き合う姿を、真由子はいつも微笑ましく見ている。イケメン2人が自分の紹介で、仲良くなったのが誇らしい気さえするし、本当に見るだけでも眼福である。再び今度は、カオルも入って改めて3人でシャンパンで乾杯する。それからカオルが電子タバコを吸い出すと、ずっと半年間真由子の前では喫煙せずにいた流星も、カオルと一緒の時は、電子タバコをリラックスして吸うようになっていた。真由子は電子タバコは吸われても煙が殆どないせいか気にならなかった。その後も真由子と流星のツーショット写真をカオルが撮影している時、流星は真由子の頬に、軽く噛みついてふざけたり、真由子が流星の膝の上に座って甘えたりと、ふざけ合う。興に乗って、真由子は流星とカオルに男子高校生、真由子が女教師役で、アブナイ放課後授業をやろうと誘い、2人に迫られベッドに真由子が押し倒された後、半裸にされ弄ばれてしまうという、だいぶ過激なお遊びをしたりした。時計が深夜2時となり18時から8時間の予約だった流星が、

「じゃ、俺、帰るね……」

と言ってあっさりと帰っていった。真由子は一瞬とても寂しくなったが、今夜はカオルをそのまま泊まりにした。深夜に駆けつけてくれたカオルを休ませるのが当然だと思ったし、誕生日会の後、流星が帰った部屋で1人寝るのは耐えられなかったのだ。

疲れているカオルが、シャワーを浴びてベッドに横になった。真由子はカオルにお願いした。

「カオルくん、お願い。分かってると思うけど、私流星くんに恋してるの。だから横に寝てもお友達モードでね……」

明るく真由子が伝えると、

「もちろん、心配しないで。俺疲れてるからすぐ爆睡するよ」

と言うなりカオルはすぐ寝てしまった。寝返りはおろか、寝息も聞こえないほど静かでお行儀がよかったので、かえって真由子がびっくりした。

（何だか凄く躾された大型のハスキー犬みたいだな、カオルくんは……）

由緒正しいお坊ちゃんであるカオルは、寝ている姿までイケメンだった。翌朝、爽やかに目覚めた真由子とカオルは、ホテルのモーニングを一緒に食べ、帰る方向が同じなので、横浜まで一緒に行ってそこで別れた。

カオルが来て泊まってくれ、帰りも途中まで一緒だったので、真由子は寂しい思いをせずに済んだ。還暦間近になる真由子の誕生日祝いは、真由子の人生の中で最高のバースデーになったのは間違いない。

真由子は、掲示板に長く書き込みを続けたり、流星と目立つようにデートしたがったり、SNSなどで言うところの承認欲求の強めな女性だった。美人だと若い頃から言われてきた真由子だったが、結婚して以来は女性らしく華やかに装うことや、男性に優しくエスコートして貰うなんて、まったくないままいつのまにか50代後半の年齢になっていたのだ。

だが、今年の春にパラダイスアロマで流星と出会ってから、次々と展開した恋物語は、奇跡であり、不思議な物語と言えるかもしれない。もちろんそれは、真由子自身が、流星との時間の為に、お金を支払い演出していたとも言える。それでも真由子がそれまでの人生で味わったことのないトキメキや楽しさを流星やカオルと過ごした時間に感じていたのは、間違いない真実だった。

燃えるような紅葉真っ盛りの高尾山への8時間デートが、11月後半最後の日曜日だった。

真由子は初めての高尾山ハイク、流星は大学3年の頃、友達と紅葉じゃない時期に吊り橋のあるハードな山登りコースで登った事があると言う。

新宿南口で京王線の改札口が地下にあるのを真由子は分からず、待ち合わせ場所に着かないアクシデントがあったが、流星が電話をかけて無事JR南口で2人は合流し高尾山に向かった。

高尾山ふもとから、観光客の多さと所々に散らばる燃えるような紅葉に真由子は圧倒され、感動していた。こんな素晴らしい紅葉を流星と一緒に見られるなんて……2人並んで頂上近くまでのリフトに乗り記念写真も買った。

写真を見ると流星は、真由子の方を見つめて写っている。みなとみらいの遊園地や、何度か流星と真由子のツーショット写真で、流星が真由子を見つめているショットがあった。真由子は、（男性が、ツイン女性をよく見つめているってネット記事に書いてあったけど、それかしら？）と不思議さと同時に嬉しい気持ちにもなった。山を登りながら各所で流星とツーショットをたくさん撮る。お天気も最高の秋晴れの日曜日、真由子と流星は、高尾山の紅葉のまさにクライマックスと言っても過言ではない華やかな雰囲気の賑わう高尾山を、手を繋ぎ歩いた。途中混んでいるので、街中と違いしっかりと流星は真由子の手を握って山を登ってくれた。途中の店でキノコ汁などをいただき、頂上では缶ビールで乾杯、食事も取り和やかに過ごす。下りリフトやケーブルカーに乗る長蛇の列を見て流星と真由子は歩いて下山することにした。手を繋いで山を下り始めると突然、流星が大股の早足で真由子の手を引っ張った。そしてグイグイとそのまま真由子の手を引っ張ってドンドン下りだす。

「えっ、早いよ。下り坂キツいのに、流星ひどーい!!」

必死の形相で真由子が流星に訴えると、

「アハハー！　真由子ちゃん、頑張れー！」

からかうように笑いながら答える流星は、いたずらな小学生みたいだ。この時の流星の可愛い様子を思い出すと、真由子は毎回涙が溢れてくる。

高尾山を必死で走って下山したことも、良い思い出となった。走って下山なんて24歳のイタズラっぽい流星と一緒だからこそ出来たスリリングで興奮するような経験だったと思う。

下山してから真由子が、

「もう、足から下腹部に刺激が来るから、オシッコ漏れそうなの必死で耐えたんだからね！」

と口を尖らせて文句を言うと、

「てかもうチビったんでしょ？」と流星にからかわれた。

（……何で分かったんだろ？　オリモノシートしてたからギリセーフだけどチビっちゃった……）

帰りに2人は新宿の老舗喫茶店でカレーを食べた。お腹が空いているので驚くほどカレーが美味しいと感じるねと言い合って、笑い合う流星に19時にギャラを支払って別れたが、これから流星は銀座のホテルでお客様のマッサージが、次の仕事だと言った。しかもその人は1年以上毎月地方から出張のたびに流星を指名しているらしい。それを聞くと真由子は内心寂しい気持ちにはなった。

（今日一日流星くんと本当の恋人気分でハイキングを一緒に出来たのに、流星くんには次のお客様が待っているのね……）

人気セラピストの流星の仕事を感じる真由子。ただこの日の高尾山ハイクで流星と見た紅葉が素晴らしかった為に、真由子には良い思い出として深く刻まれた。流星との高尾山を思い出すたび、真由子は懐かしい名曲「燃える秋」をＹｏｕＴｕｂｅで見ながら思い出に浸っている。

人生のクライマックス「銀ブラデート」

12月になった。真由子にとって今年の12月が、最後の楽しいクライマックス月間になるとは知らず……12月初旬の日曜の夕方、真由子はＪＲ有楽町の駅のアーチ型通路で流星が来るのを待っていた。今夜は銀座の洋食レストランで食事を楽しんだ後、流星が紹介してくれた銀座のアンティークな書斎カフェＢＡＲでデートする夜だった。18時の待ち合わせ時間ちょうどに、どこからともなくいつものように、流星がふらりと有楽町駅の待ち合わせ場所に登場した。ラフなセーターに黒いブルゾンジャケット、黒いパンツ、黒いショートブーツのお決まりのスタイルだ。一方、真由子は銀座でのデートに少し大人なお洒落をしたいと考え、数日前、家の近所のショッピングモールで白黒のツィードジャケットを見つけた。お値段が嬉しい買い易さであった。待ち合わせに現れた流星に、

「どうでしょう？　銀座の夜の大人デートのファッションを意識してみましたー」

と自慢すると、

「とってもいいよ。上品な感じだね」

と褒めてくれた。真由子は茶目っ気たっぷりに、ツイードジャケットの値段がいくらぐらいに見えるか聞いてみた。

「3万とか？　銀座でなら10万以上って言われてもそう見えるけど……」

「うふふ、これ近所のファストファッションの店でサンキュッパーだよ」

「えっー、それくらいなんだ。真由子ちゃんが着てると高見えするよー」

ジャケットの思わぬ価格に2人で大笑いである。そんな和んだ雰囲気の中、真由子と流星は12月のクリスマスツリーや、イルミネーションで飾られた華やかな西銀座の街を、腕を組み歩いていく。西銀座チャンスセンターの先の通りにあるペニンシュラホテルなどで、2人でツーショット写真を撮りながら歩く。真由子にとっては、夜の銀ブラデートは、人生初の体験だった。銀座8丁目辺りまで歩いて、お目当ての老舗洋食レストランに2人して入った。格式のあるレストランなのでスタッフの男性が、恭しく真由子と流星のジャケットを脱がせて、ハンガーに掛けてくれた。真由子は内心、このジャケット、実はサンキュッパなんですよーと、少し笑いが込み上げる。

このレストランなら皆さん、高価なお召し物なんだろうけど……。でも今夜は、銀座の老舗の雰囲気に負けない落ち着いた素敵なマダムでいなきゃと気を引き締めた。テーブルに案内され、メニューを眺め出してすぐ、

「実はこのレストラン、先週も銀座に住む男友達と食べに来たんですよ」

と、軽い感じで流星が言った。そんな流星に対して真由子は、

（流星くんの生活には、この高級なレストランがちっとも珍しくないのね……やっぱり現代の王子様って感じだわ……）

また流星と自分のギャップを感じた。

食事しながら、流星のナイフとフォークの使い方が完璧で、真由子は自分のテーブルマナーは大丈夫かしらと、少し自信もなかったのが本音だった。レストランディナーを終えて再び、花椿通りやみゆき通りを腕を組んで歩いていると流星がふと言った。

「そこの先に画廊があるでしょう。そこで俺の部屋に置いているリトグラフを買ったんです」

「あーＬＩＮＥのアイコンの背景とかに載せていた、何だっけ？　ジャン・ジャンセンのだよね……」

「そうです……」

真由子は流星の部屋に招待された事はもちろんない。流星ご自慢の素敵な北欧家具のソファやテーブル、オリーブの木があるリビングの写真を携帯で見せて貰ったぐらい。毎回何万ものギャラを流星に支払い、恋人気分のデートを重ねても、実際のところ真由子は、かろうじて、流星の本名らしきものを教えて貰った以外、新宿区内だという住まいの場所も、勤務先の会社の名前も知らない。流星は男性セラピストというキャストであり、真由子には時間売りで、決して近づけない壁があるのだ。だが、その頃の真由子は、それを気にするより、流星との時間が充実して楽しめればいいとだけ考えて、知らない事を深く考える事もなかった。

「あちらの文壇バーも行きます」

銀座の通りから少し路地に入った奥の店を流星が指差す。

(あー、ルパンだ。太宰治とかの作家が足繁く通ったという有名なお店ね)

真由子もそれだけは知っていた。そして、そこからほど近いビルの地下にある今夜のお目当てのアンティーク書斎カフェＢＡＲに到着した。

そのお店は、真由子の予想通りお洒落で重厚な雰囲気のするカフェＢＡＲだった。暗褐色の革張りのソファに腰掛けて、お洒落なネーミングの付いた色鮮やかなカクテルをそれぞれ飲みながら、書棚から何冊か気になる本を手に取り読んでみた。子供の頃、父親からプレゼントされた「若草物語」があったので、真由子は懐かしい気持ちでページをめくった。流星とデートしている時、真由子は「若草物語」の長女メグのように、美しく女性らしくなっていると自分では思っていた。

一方の流星は、本好きな彼の母から教えて貰ったという大正、昭和初期に活躍した責め絵で有名な伊藤晴雨の絵が載った古い雑誌や、写真集に目を通していた。そうこうするうちに2時間ほどが経ち、デートの最後に流星の提案で、丸の内のイルミネーションに飾られた通りを歩いて赤レンガの駅舎がライトアップで綺麗に浮かび上がる丸の内口の東京駅に向かった。

しばらく立ち話をしていると流星が、

「半月後のクリスマスイブも真由子ちゃんに予約を入れて貰ってるじゃない。クリスマスイブもホテルに行く前にイルミネーションの素敵な場所を歩いて行こう」

と言い、真由子は、

「わあー、素敵な提案、有難う。クリスマスイブに会うのが、凄く楽しみだわ」

と喜んだ。

2人は別れる直前にこんな会話をした。

「流星くんみたいにモテる男性って、誰と結婚しても物足りなくなりそう……」

「俺が結婚とか入籍するのは、子供が出来たら考えるかな。本音はあんまり結婚したくない」

「それって後悔とかしないの？」

「決めたら、後悔はしないさ」

キッパリと言い放つ流星に真由子は、

（やはりこの人は賢いんだな、答えに迷いがないもの……）

と感心するのだった。こうして12月の銀座での大人デートの夜が終わったのだった。東京駅丸の内改札前で流星に軽くハグされて、笑顔で改札口を抜ける真由子はとても満たされた思いで帰路についた。

最初で最後のサイコーなイブの夜

２０２１年12月24日金曜日の夜がやって来た。

夜20時にＪＲ原宿駅で真由子は流星と待ち合わせた。

先週、真由子は流星と横浜のカオルを同時間に出張サービスで目黒のカラオケ屋に呼んで、仲良し3人の忘年会を楽しんだ。流星とカオルのゴールデンコンビに、男性アイドル歌手の曲をデュエットして貰ったりして、楽しい夜だった。その時真由子は、人生初のロングのエクステを付けていき、流星に「俺の為に可愛くなる真由子が愛おしい」と褒めて貰ったのだが、編み込み式のエクステは重く、真由子はクリスマスイブのデートまで付けておく予定だったが、数日後には外してしまっていた。

普段のストレートのセミロングヘアに、黒いシックなベロアのロングワンピース、白のロングコート、差し色にショッキングピンクのフェイクファーのマフラーを巻いて、クリスマスイブらしい可愛い華やかさを演出して、真由子は出かけた。途中いつもの乗り換え駅の品川の広めの化粧室で真由子は自分の姿をチェックした。等身大の鏡に映る真由子は、162センチの身長もあって、それなりにスラリと見える。58歳という年齢を思わせないほど可愛い大人の女性に仕上がっていた。

（私、年齢の割にイケてる！）

自分でそう感じないと、24歳のピカピカの流星と腕組みデートなんて、とても出来ないから。

20時ちょうど待ち合わせした原宿駅の竹下口に向かうと、黒いベロアジャケット、グレーの光沢あるシャツ、いつもの黒いパンツにショートブーツの流星が、笑顔で立って待っていてくれた。

「あれ真由子ちゃん、エクステもう外しちゃったの？」

「あっ、重くて痒《かゆ》くてさらに痛くなって我慢出来なかったの」

「そっか、可愛かったから残念だけど、しょうがないねー」

真由子と流星は笑い合いながら、自然に腕を組んで歩き出す。目の前には表参道の黄金色のけやきが連なって輝いていた。そのイルミネーションを見ながらクリスマスイブに腕組みデートする2人は、本物の恋人同士にしか見えなかった。真由子はトキメキが止まらなかった。しばらく歩くとGODIVAの大きなモミの木のクリスマスツリーがあったが、ツーショット写真を撮るカップルの行列を見て2人は並ぶのを諦めた。すると流星が、

「じゃあ、六本木ヒルズのイルミネーションも見に行こうか。ホテルに行くのはまだ早いよね」

「あっ、六本木ヒルズか、いいね」

と言って、真由子も賛成した。

真由子にとっては、約30年ぶりの夜の六本木だった。六本木ヒルズなんてテレビでしか見たことがない、芸能人がウロウロしているような別世界、それが真由子の感覚だった。

「ちょっと距離あるからタクシーで行こう」

「はーい」

アプリでタクシーを呼んで、六本木ヒルズに到着した。六本木ヒルズのイルミネーションは、白と青色のスッキリとクールな配色が大人の街を印象づける。

洗練された六本木ヒルズ周辺の雰囲気に真由子は感心しながら、流星と腕を組んで歩き、さらに2人のツーショット写真や動画もたくさん撮った。この時、ヒルズの輝くイルミを背景に撮った流星とのツーショットが、美男美女の盛れた写真だったので、真由子は宝物として引き伸ばして写真立てに入れ自分の部屋に飾っている。それくらいイルミネーションは、2人のツーショットを最大限に盛ってくれた。

そんな中、歩きながら流星が銀ブラした時と同じような事を言った。

「あそこの先のフレンチレストラン、先週友達と行ったよ」

「へえ、そうなんだ。美味しかった？」

「まあね、でもオレは基本的に和食の方が好きだから……」

（友達って、また実際は女性のお客様なんでしょうけど……まあ、今夜はこれ以上考えないわ）

1年に1度の大事なクリスマスイブを、他のお客様からのオファーを断って、私の予約を入れて一緒に過ごしてくれているのだからと真由子は思った。

それから2人は、22時にチェックインする予定の歌舞伎町のホテルに向かった。真由子は夢のクリスマスイブを流星とホテルで過ごすのだ。

（……夢みたい……今夜……）

真由子は心の中で何度かそのような思いが湧き上がった。そして新宿のホテル前に2人を乗せたタクシーは到着した。

「このホテル初めてだな……」

（20歳から歌舞伎町のボーイズＢＡＲで働いて、パラダイスアロマでもホテルに出張マッサージにたくさん呼ばれたであろう貴方が、有名なホテルが初めてだなんて、にわかにそんなコト、信じられないけど……）

真由子は、新宿のシティホテルに宿泊するのも考えたが、料金やサービスを考えて馴染みのある歌舞伎町のホテルにしたのだった。お部屋のクリスマスイブの飾り付けや部屋で全てドリンク、ディナー、クリスマスケーキも食べられるコースになっていたのが、真由子には魅力的だった。部屋に入ると、

「おー広いなあーこの部屋」

流星が嬉しそうな声を上げる。正面に大きな液晶画面のテレビがあり、その先にマッサージチェアが2つ並ぶ。何より真由子のテンションが上がったのは天蓋カーテン付きの大きなダブ

ルベッドの上にミニキャンドルが可愛くハート型に並べて飾られ、ロマンチックな雰囲気が演出されていたことだった。

真由子は、この夜の為に通販サイトで購入した深紅のロングドレスに素早く着替えて、部屋に備え付けのマッサージチェアでリラックスしている流星の目の前で、得意気にロングドレスのドレープの裾をつまんでヒラヒラさせて、クルクルと回って見せた。

「真由子ちゃん楽しそうだね……可愛いよ」

無邪気にはしゃぐ真由子の様子を見て、流星は思わず目を細めた。流星はマッサージチェアを降りて大画面テレビで、「美女と野獣」のテーマ曲を流し始めた。そして、

「踊ろうか……」

と言って真由子を優しく促すと、流星は真由子の手を取り、胸を合わせた社交ダンスのポジションをとった。流星は中学生時代、流星自慢の素敵なグランマと一緒に、社交ダンスを習っていた経験があるのだ。真由子は子供の頃数年クラシックバレエを習った経験があるのと、父親がやはり社交ダンスをやっていたので少しだけダンスの心得があった。2人は近づき見つめ合い流星が真由子の腕と腰をホールドして、ゆっくりとロマンチックな音楽に合わせて踊った。ゆっくりと踊りながら、途中、流星は真由子を両腕で抱き上げて、クルクルと回し

てくれた。真由子は、

（流星くん、若い頃と違ってすっかり肉付きがよく重い私を、お姫様みたいに全力で回してくれて嬉しい……感激なんだけど……）

本当に流星はサービス精神に溢れたと言うべきか、いやその姿は現代に生まれ変わってきた王子様そのものだった……。

そんなロマンチックなダンスの後、ずっとクリスマスソングが大画面で流れる中、流星がテーブルセッティングも全部してくれていた。大画面に「白い恋人達」のミュージックビデオが流れ始めた。真由子はシングルCDを発売当初すぐに購入したくらい大好きな曲だ。そして何よりクリスマスイブにジャストである。流星が真由子の気持ちに呼応するように、

「この曲、オレ好きなんだ……」

と言った。

（……また同じ好みだ。やっぱりツインだからかな……）

偶然の感性の一致をイブの夜も真由子は感じた。

「2人で過ごすイブに乾杯」

「流星くん、有難う、乾杯～」

カラフルで可愛らしいクリスマスディナーとホテル名物の分厚いハニートーストなどを2人は食べて、やがてお風呂に入ることにした。

気になるのはクリスマスプレゼントだが、真由子は雑貨屋で見つけた可愛い電飾付きの白いミニクリスマスツリーを、流星に渡した。その場で開けて組み立てツリーを回して流星は喜んでくれた。今夜は2人で会うのにお金がかかるので、事前に真由子は流星にもプレゼント交換はなしと伝えていた。流星から真由子に特別プレゼントなどはない。真由子にとっては、イブの夜一緒にいる流星自身がかけがえのないプレゼントなので、何の不満もなかった。流星はお金を貯める為にセラピストの仕事をしているのだから、流星と会っている時は全て真由子が支払う。例外は唯一誕生日の薔薇の花束だけであった。

ベッドシーツの上にあった電気のミニキャンドル5個を流星は手に持ち、浴室へと運んだ。流星の後ろから真由子が浴室内を覗くと、暗くした浴室内の壁の出た所や、お風呂の床にミニキャンドルが並べてあり、ムード満点な雰囲気に流星が飾ってくれた。それを見た真由子がうっとりしていると、

「真由子ちゃん、先に入ってて……」

と流星が告げた。言われた通り真由子は先に入浴し、上機嫌で鼻歌など歌いながら浴槽に浸

かり流星を待っていたが、なかなか流星は浴室に来なかった。

（きっと流星くんは、今日会えなかった流星くん指名のリピート客達に、返事のＬＩＮＥを返しているんだわ。もうクリイブの仕事は終わって家に帰ってますとか、彼は泊まりはしないって、お店のホームページにはなっているから、他のお客様には流星くんが泊まりでイブの仕事をしてるのは、絶対に内緒にしなきゃだもの……）

５分以上過ぎても浴室に来ない流星に寂しさと、それでも他のお客様と違って特別にクリスマスイブに泊まりで会えている自分に優越感のような喜びが入り混じり、真由子の気持ちは少し複雑になった……そうこうするうち、やっと流星が浴室に来た。

「流星くん、遅かったねー」

その言葉を聞いて流星は、黙って後ろから裸の真由子を抱き寄せ、真由子の脇腹をコチョコチョとくすぐった。真由子はたまらず流星の手を払いのけつつ、キャーキャー嬌声をあげた。素知らぬ顔でくすぐり続ける流星、イチャイチャ楽しいクリスマスの入浴タイムである。真由子はお風呂にゆっくり浸かって、裸の流星の胸に甘えてもたれかかる。しばらくしてラブラブなお風呂タイムは終了、いよいよベッドインである……。

流星の腕の中に包まれるように真由子が抱かれていると静かに流星が話し出した……。

「俺、この前銀座で真由子ちゃんが、大学に出来れば入って文学か哲学か学びたいって言ってたけど、俺も50歳過ぎに仕事を引退出来たら、今度は理系じゃなくて美術の大学で絵や造形を学びたいって思ってるんだ……だから真由子ちゃんが年取っても大学に行きたい夢を話した時、おおっ！　ってまた同じなのをびっくりしたんだよ」

「そっかあ……そうなんだね……やっぱり似てるんだね、考える事が私達は……。ツインって不思議よね……」

ＩＴエンジニアの仕事で頭が疲れたという流星の頭皮や全身を真由子は一生懸命にマッサージしてあげる。お客様なのだが、流星とロングで過ごす時、真由子はよくマッサージをしてあげた。真由子の手は女性にしたら少し大きくて、最初の頃に手足が大きな流星とのツインらしい共通点だと、真由子は認識していた。

「あー、頭、気持ちいい……真由子、有難う……おいで……」

それから2人はごく自然に普通の恋人同士のように愛し合って、抱きしめ合って眠りに落ちた。

朝5時に目覚ましのアラームが鳴った。約束の終了時間がきた。真由子は切ない気持ちで流星を起こした。真由子はロングの予約でも1度に10万までは行かないギャラで遊ぶと決めていた。そこを超えて遊んでいいのは、世にいうセレブ、本当のお金持ち女性だけだ。これは真由子なりの節度だった。流星に昨日から9時間一緒に過ごしたギャラを支払い名残り惜しかったが、そこは頑張って平常心を保った。

「有難う……真由子ちゃん、楽しいクリスマスイブだったね」

「うん、本当に、楽しかった。流星くん、気をつけて帰ってね……」

流星は新宿区内のマンションに住んでいるので歩いて帰るようだ。真由子はひとり残った部屋で、朝7時くらいまで、もうひと寝入りした。

ホテルの朝食サービスをゆっくりと土曜日のモーニングショーを観ながら食べた。それからシャワーを浴びて、髪を乾かしゆっくり着替えて支度し10時ギリギリにチェックアウトした。帰りに1階のフロントロビーの先に足湯があったのでそこにも浸かってから1人で新宿駅に向かった。

寂しくないの？　真由子は、自問自答していた。でも夢のような時間だったよ。真由子と流星は、どんなに恋人みたいな時間を過ごそうと、基本的にあくまでもお客様とセラピストなのだ。それは真由子と流星2人の間にお互いが、ツインソウルだと感じ特別な親しみを覚えるといっても変わらない厳然たる事実……。まるで本当の恋人同士、いや、それ以上にロマンチックなクリスマスイブのデートとお泊まりの夜だったけど……。

流星とのお泊まりの翌日の朝は、否が応にも真由子をあっさりと現実に引き戻してくれる……東京フェイクLOVE……かな。ふとそんなキャッチコピーみたいな言葉が真由子に浮かんだ。

お金を支払えば、イケメンセラピストがお相手してくれてリアルファンタジーが味わえる……。それが、東京という大都会にあるサービスシステムなのだ。

満足して帰る真由子は、来年の年明けから、流星との関係が、ガラリと変わっていくとは、この時はまだ思いもよらなかった。

Chapter 4

東京フェイクLove♡

不穏な空気

流星と過ごした感動的なクリスマスイブから2週間が経ち年が明けた。正月になると真由子は初詣に流星と行きたくなった。だがそろそろ真由子の金銭事情に問題が生じ始めていた。流星と出会う少し前に真由子は、亡くなった父親の預金を引き継いでいた。そのお金を元手にパラダイスアロマで出会った流星との遊び代が出せていたのだ。

しかし真由子の夫は結婚以来、家計を握り続け一定の生活費しか渡さない。シビア、いや、俗に言うドケチ夫だった。しかも55歳で大手の会社を早期退職した夫は、この2年契約ドライバーの仕事をしており、住宅ローンと光熱費以外に生活費を渡すほど給与がないと言って、真由子は生活費を夫から貰えていなかった。夫は真由子が実家の亡くなった父親からまとまった預金を受け継いだのを知り、真由子はお金を持っているから渡す必要がないと言ってきたのだ。確かに契約ドライバーの夫の給与は1ヶ月の手取りが20万に届かなかったが、真由子はそれまでも上手くいってなかった夫への怒りをさらに増幅させていたのだった。

親から引き継いだ預金を崩しつつ、パラダイスアロマの流星と会うのをやめられないのは、夫への不満やストレスからの反発だったと言えなくもない。もちろん流星という若いイケメン

男性の魅力に溺れていたのも事実だ。この1年でだいぶ預金が減ってきていた。去年の時点で真由子は流星に、

「流星くんと過ごすのは凄く楽しいんだけど、預金が減ってきてるから、今年いっぱいでロング予約はやめるね。来年からはマッサージだけの細客になるけど……変わらず相手してくれる？」

そう伝えていた。それに対して流星は、

「まぁ、余裕がある人の遊びなんだから無理しない方がいいよ。店でマッサージ短時間でも予約して会えるんだし……」

と言ってはくれていた。ただ真由子自身が、正月が明けてみると余裕があるとは言えない自分の預金状態を分かっているのに、流星と初詣で神社にお参りし、その後も飲食などのロングデートをしたくてたまらないのだ。

女性用風俗の掲示板には、男性セラピストにハマってお金を使い過ぎて卒業、もうバカバカしくなった、やめるというスレッドもある。

女性客は、1人の男性セラピストを指名しリピするたびに、さらに好きになって沼る。ガチ恋状態になる。実生活が満たされてないから利用し始めて適当に楽しんでやめられたら問題ないのかもしれないけど、実際は、そこまで割り切って上手く使える女性ばかりではない。いや

そうできる女性はまだ少ないようである。

真由子は、頭では去年いっぱいでロングデートの利用はやめようかと考えていたのだが、実際、年明けになると流星が本業のITエンジニアとして活躍出来るようにと、ご利益がありそうな西新宿の神社を見つけだし、一緒に初詣したいと考えた。またその後は、うん10年前に夫と行った記憶がある新宿のボウリング場で流星と新春ボウリングなどをして遊びたいと計画を練るのだった。真由子は預金が目に見えて少なくなっていく事実からは目をそむけて、流星と一緒に過ごす楽しさだけを考え、2週の日曜日のお昼から8時間の予約を入れたのだった。

年が明けて2週目の日曜日のお昼ピッタリに、真由子と流星はいつもの新宿駅中央西口改札口向かいのデジタルサイネージの前で待ち合わせした。

西新宿にある小さめだけど、とてもキレイな神社の周りには、数日前に東京には珍しくしっかりと降った雪が少し薄汚れて固まっていた。真由子は流星の本業の成功を願って流星と一緒にお詣りした。

神社の厄年の掲示板を見ると、流星は数え年で26歳。真由子の方は60歳と書いてあった。

それを見た真由子は衝撃を受けた。去年の11月で満58歳になった真由子は、還暦には確かあと2年近くあると思っていたのだが、神社の掲示板では数え年は60歳と表示されていた。流

星が真由子の衝撃に気付いたか分からなかったが、

「だから11月生まれって損なのよ。数え年だと2つも年齢が一気に上がってしまうんだから……」

モゴモゴと言い訳のようにつぶやきながら、お守りの札を購入して神社を後にした。喫茶店に入ってコーヒーやケーキを食べて向かいあっていても流星はずっとスマホを気にしていた。

真由子は内心、

（接客中なのに、いったい何やってるの？　流星くんは、まったく失礼しちゃうな……）

と初めて見る流星の不遜な態度に戸惑いながらも、直接、接客中なのだからスマホをいじらないでと注意は出来なかった。貴重な流星とのデートの雰囲気を壊したくなかったのである。女性客にリピートを繰り返しされた男性セラピストが、段々と横着や手抜きをし出す……というのが、この業界のあるあるらしいが、流星も目の前の真由子よりスマホを熱心に覗き込み、あげく、

「ごめん、これだけは早く返さないといけない用件なんだ。ちょっと席を離れるね。この前、このお客さんのＬＩＮＥを３日放置して、凄く怒られたんだ……」

そう言って自嘲気味に笑いながら流星は喫茶店の外のトイレに行った。１人喫茶店の席に残された真由子は、今日は８時間、１時間ごとに１万円のギャラを流星に支払う予定なのに置き去り時間を取られるなんて……不穏な思いが真由子に湧き上がった。

今思えば、LINEなら席に着いたまま返せるのだから、流星が席を離れて店外に出たのは、プラべと呼ばれる女性に電話をかけに行ったと考えられるが、その時の真由子はまだ流星のそこまでの変心に気がついていなかった。

その後は歌舞伎町まで移動し、そこのボウリング場のブラックライトレーンで、2ゲームを2人は楽しんだ。滅多にボウリングはやらない真由子だったが、この日は調子が良く、1ゲーム目165点、2ゲーム目135点。球筋が安定せず、ガーター連発の流星は、100点も取れず真由子に惨敗。こうしてスポーツする流星を初めて見ると、残念ながらあまりカッコいい姿ではなかった。その後は同じボウリング場内の卓球台で卓球をし、楽しいラリーが続いた。高く上がった真由子のピンポン球をスマッシュで思い切り打ち込んだ流星は、ボウリングのお返しとばかりに派手にガッツポーズを決める。

「思いっきり打ち込んだわね！」

スポーツをしている間は、純粋に楽しく過ごせた真由子だった。最後は近くに店を移して、個室でダーツ投げとカラオケを楽しんだ。流星はマイクを持ち、最近デビューした男性アイドルグループの「初心LOVE（うぶらぶ）」を熱唱してくれた。

今までそんな曲に興味がなかった真由子だが、流星が歌ってからは、家でもYouTube

で聴いていた。そしていろんな事があって時間が過ぎた今も、その曲が真由子は大好きなのだから、歌は思い出と共にあるのは本当に間違いない。流星と別れた今も真由子は流星が真由子に送ったり目の前で歌った曲を懐かしい思いで、聴いている。

ダーツはＢＡＲ勤務仕込みの流星の方が一枚上手だった。真由子の腰を持ち、ダーツの矢バレルの投げ方を指導する流星に真由子は、やはりドキドキと胸をときめかせた。お酒が入ると流星は少し陽気になり、真由子と肩を組んでツーショット撮影をした。

デートの終了時間の夜20時になった。店の外に出たら、流星は、

「じゃあ、真由子ちゃん、ここでバイバイ」

そう言うとあっという間に、歌舞伎町の雑踏の中に消えていった。

「あっ、有難う、またね」

真由子は内心、

（8時間も一緒にいたんだから、サービスで新宿駅まで送ってくれるくらいしたらいいのに……）

不満を禁じ得なかった。

そんな落胆する真由子の思いとは裏腹に、夜20時過ぎの歌舞伎町の周辺は、真由子の目の前を華やかなラッピングホストトラックが、何台か通り過ぎて行くのだった。

初詣ロングデートの晩、実は真由子のした事で流星とトラブルがあった。

デートの始まりの頃、流星が数学のレポート用紙を持っていたので、真由子が何か訊ねると、お客様の息子が有名進学校を受験するので、流星が数学の過去問の解答解説をまとめてあげたということだった。流星が理系の頭のいい大学院卒なことも、真由子が流星に憧れを抱く大きな要因だった。

夜、枕元でスマホの掲示板をチェックしていた真由子の目に、こんな文章が飛び込んできた。

『パラダイスアロマ店現役セラピストの話題』

『花川流星くんて、イケメンでハイスペって紹介されてるけど怪しいよね。こんなお店のセラピストなんて、いくらでもハイスペ偽装出来ちゃうんだから笑笑』

真由子は、しばらく書き込みを我慢して大人しくROM専(SNSを見るだけ専門のユーザーの略称)していたのに、この文章に反応してしまった。

『流星セラピストは、本当のハイスペで一流大学の理系の大学院卒ですよ。最近も都内の難関私立高校の入試の過去問題も解いて、レポート用紙に書いているのを見ましたから』

深く考えずに意気揚々と真由子は書き込んだ。しかし、かなり具体的に書き過ぎた。流星本人から何度も注意されたのに、真由子はまた掲示板に、プライバシー配慮が出来ず書いてしまったのだ。深夜、流星から真由子にＬＩＮＥが来た。そこにはこうあった。

『真由子さん、また掲示板に余計な事を書いてしまったんだね。その該当するお受験ママのお客様が掲示板読んでて、俺の方に、何で勝手にウチの息子のお受験の話や数学の問題を解いて貰ってる事を、他のお客様にペラってんの？　って、こっぴどく注意、いや怒られたよ。真由子さんは、俺から何度も掲示板に書くなって頼んだのに、分からないんだね。俺、もう悲しいです』

このＬＩＮＥが、深夜、流星から飛んで来て、真由子は自分がよかれと思って書いた書き込みが、やらかしたのを知って落ち込んだ。流星が本当に理系の優秀なハイスペだって証明したかっただけなのに……結果は、流星の他のリピ客のプライバシーを書いて読まれてしまい、流星本人にお客様からクレームが入るという大失敗。真由子はまた流星に迷惑をかけ、信頼を失ってしまった。

（流星くんを好きでたまらないのに、私のやる事は裏目に出て、私は地雷客にまたなってしまった……）

真由子は、掲示板の存在を知って９ヶ月あまりになる。既に去年の夏、流星との親密さを赤裸々に書き込みしてＮＧ処分まで喰らっているのに、まだ掲示板のようなＳＮＳの書き込みの怖さ、危うさをしっかりと理解が出来ていなかった。パンドラの箱のような掲示板は、読まないか、読むだけ。書き込む人の殆どは、短く１～２行で、あまり具体的な事など書かないのだ。

真由子は、いくら若ぶっても、この感覚を間違えて具体的な書き込みをしてしまうところは、悲しいかなアラ還の限界だったのだろうか……。

3度目の拒絶

受験対策の過去問を流星が解けるレベルのハイスペなど余計な書き込みをしたせいで、また流星から嫌われた感のあった真由子だったが、LINEで謝罪しまくり、2月の半ばに流星への予約を久しぶりに入れた。1月から派遣で介護の仕事を始めた自分へのごほうびでもあった。

渋谷駅からほど近いマンションの一室がパラダイスアロマの部屋。久しぶりに流星に会う真由子は、楽しみで仕方なかった。書き込み騒動があってから約1ヶ月ぶり、落ち着いた雰囲気で流星は真由子を出迎えた。

「こんばんは、どうぞお部屋の方へ」

「こんばんは、宜しくお願いします」

ソファに腰かけて普通に会話してから、シャワーを浴びて真由子はアロママッサージをする流星に身を委ねる……マッサージしながら、流星が唐突にこんな事を言い出した。

「真由子ちゃんなら、俺に彼女が出来たら相談に乗ってくれる感じですよねー」

真由子は内心ドキッとした。

(何を急に言い出すんだろう？　流星くんは……。もう恋人気分の接客はやめたいって事？　恋の相談役になれって言ってるんだ。酷いなぁ……高いお金を支払って来てるのに。それは流星くんに恋人感覚でマッサージをして貰う為なのに、ここで彼女が出来たら相談役になってなんて言うんだ……)

まさにその恋人気分を味わうマッサージの最中に、流星は雰囲気を壊すような話をした。その時、実は流星にはプラべと呼ばれる部屋に呼んでタダ会いする若い可愛い客からカノっぽいポジションになっている存在が出来ていたのだ。そんなコトとは露ほども知らない鈍感な真由子。アロマオイルマッサージが終わり、添い寝ハグタイムが始まったが、その夜の流星はなぜか急に真由子の足元に頭を乗っけて、アルファベットのLのような形になって真由子の足首辺りに頭を乗っけて寝た。真由子は嫌でたまらなかった。

(何なのこれ？　私の足首に頭を乗っけた流星くんと私は、そこしか重なってない密着度ゼロなんだけど……嫌だこんなの……身体離れ過ぎ……)

それから30分以上、そのままお喋りしたけど、我慢出来ず真由子は流星に、

「ねえ流星くん、普通に添い寝ハグしてよ。いつもみたいに」

と言った。もうその時点で2時間の予約の終了10分前くらいだった。

「あー、やっぱり普通にしましょうか」

通常通りの添い寝ハグの体勢になる流星。でもそれからのハグも、去年に真由子を施術した後のしっかりとしたハグと違う、どこかゆるい腕の回し方をしたハグだった。ハグは気の交流なので、気の乗らないハグは、真由子にも敏感に伝わってしまう……。

終了時間が来た。個室を出てお見送り玄関のドア前スペースに来た時、真由子の口からこんな言葉が突いて出た。

「なんか今夜の流星くん、やる気なかったよね……」

すると流星は、

「そんなコトないよ、じゃ真由子ちゃんに最後に特別サービスだよー」

と言って、少しふざけながら真由子を両腕で胸まで抱えて、去年のクリスマスイブのダンスの時みたいにクルクルと回してくれた。最後の流星からの特別サービスで真由子は、気分を持ち直し満足したと思い込んで、2月の寒い夜、渋谷駅から電車で帰宅した。

2月半ばに手抜き感のある店舗サービスを流星に受けた真由子だったが、その後に続く顛末があった。

あの夜から数日後、真由子は流星に再び猛然と腹が立ってきた。今思うとなぜそこまで、あの時、流星に怒りが爆発したのかとも思うが、あの頃の真由子は、少なくなった預金から流星に会うのに必死だったのに、彼女が出来たら相談に乗って欲しいとか、真由子との身体接触を敢えて避けた流星の態度だったから、自分の事を舐めてると思ったのだと思う。

真由子は流星に、こんなＬＩＮＥを送って攻撃した。

『やっぱりこの前の店舗での接客や施術サービスが手抜き感満載で、後から馬鹿にされてるって感じてて、凄く腹が立ってきてるんだけど……』

『えっ、なに？　最後、楽しかったって言いながら帰っていったんじゃなかった？』

『うん、あの時は確かに最後のお姫様クルクル回しで機嫌直して帰ったけど……やっぱり接客に納得いかないって思って……』

『じゃ、その場で言えばいいのに』

流星のＬＩＮＥが、明らかに不機嫌で投げやりな文章に変わった。余計に真由子の腹立ちは収まらない。介護の仕事でクタクタに疲れた仕事帰りに流星にＬＩＮＥ通話を久しぶりにいきなりかけた。

「ごめん、真由子ちゃん、そんなに不愉快になってると思ってなかったよ。真由子ちゃんといるとオレ、彼女といるみたいな気分になってリラックスしてしまったんだ。結果、マッサージとか手抜きになったのかもしれないし、真由子ちゃんなら許してくれるって甘えてたのかもしれない……本当ごめんね……」

「分かってくれたならいいよ。やっぱりこっちは安くないお金支払ってイケメンマッサージのサービス受けに行ってるんだから、この前みたいな接客は頂けないよ」

「分かった。今度からは気をつける」

真由子はこれで平和に解決したつもりだったが、数日後、真由子はＬＩＮＥブロックとお店の流星公式Ｉｎｓｔａｇｒａｍもブロックされていた。和解出来たと思っていた真由子は、流星からの突然の酷い仕打ちに呆然となったが、真由子はＬＩＮＥを書いた。

『流星くんへ、今回、突然のLINEブロック、インスタブロックに私は非常に驚いています。流星くんが、この前の接客を反省して謝罪してくれたから、和解出来たと私はすっかり思っていました。お客様がクレームを入れたら、貴方はクレームを入れる方が悪いとばかりにお客様を簡単にLINEブロックするんですね、前にも2回黙ってブロックされました。本業のITエンジニアの仕事でも取引先と面倒なコトが起こったら、すぐブロックして終わりにしますか？　よく考えてください。もうすぐ25歳になるんだから、気に入らないなら、即ブロックするのは、幼稚な男性のする事です』

この長いＬＩＮＥを、横浜のカオルにまず送って、流星への転送を真由子は頼んだ。カオルは心よくそれを引き受けてくれた。さすがトリプルレイ。

『流星に真由子ちゃんからのLINE送っておいたよ』

『カオルくん、有難う。いつも助けて貰ってごめんねー』

すると、その日の晩に流星からＬＩＮＥが来た。

『真由子ちゃん、LINE読んだよ。オレは昔から嫌になると、一切見たくない、面倒くさいのが苦手って、シャットアウトする性格なんだ。でも悪かった、もうそういう俺の性格も考え直さないといけないよね』

親しくなってくると、けっこうナルシストでオレ様な雰囲気の流星のことを、掲示板には一部のお客様から感情の見えないサイコパスなどと、書き込みも複数されていた。そんな気難しく気が短い流星が、今回は、あっさりと真由子へのＬＩＮＥブロックを解いた、もちろんお店の流星個人Ｉｎｓｔａｇｒａｍも同時にだ。真由子はホッとした。

そしてもうすぐ3月。3月になると流星の誕生日がすぐだ。流星25歳の誕生日。流星とパラダイスアロマで出会ったのが、去年の3月の初旬、もうすぐ1周年だ。流星への指名やパラダイスアロマ通いは去年いっぱいと考えていた真由子だったが、流星へのガチ恋の想いはそう簡単に止められるはずもなく、結局、1月、2月と流星に会ってしまった。100万を切った預金残高が切なく心もとない真由子だったが、不安な要素を考えるのはやめて、流星の25歳の誕生日お祝いだけは絶対したい、私がしないで誰がするの、負けたくない……と決意するのだった。

疑惑

3月になった。真由子は流星の誕生日デートを予約したが、土曜日は予約がもう入っていると言うので日曜日にした。実際、人気セラピストの流星の毎週土曜日の枠は、1年間ほぼ真由子は取れなかった。いつもロングデートは日曜にしていたので、サンデー真由子って感じだった。

デート服は通販で購入した。薄いラベンダー色がきれいな春物のニットワンピ。サイドでリボンを結ぶアウターが可愛い。足元は白いショートブーツ、夜はまだ寒いので白いカシミヤの大判ストールを羽織るようにした。

そして3月最初の日曜日の正午に、真由子は新宿中央西口改札口向かいの電子ウォールの前に立っていた。白いショートブーツ姿の真由子は化粧室の鏡に全身を映して、美人フィギュアスケーターみたいと悦に入っていた。

まったくおめでたいが、そのくらいのノリがないと20代半ばのイケメンと街中で腕組みなぞ出来ないのだ。流星がいつものように小田急のある西口側からやって来た。本日の流星の格好は、熱帯魚がプリントされた長袖の青いシャツだった。水槽のあるレストランで食事をする約束だったので合わせたらしい。その他は黒革のライダースジャケットに黒いスリムパンツ、黒のショートブーツと安定のスタイルである。真由子の可愛げなニットワンピース姿が気に入ったのか、流星は左腕を真由子が組みやすいように差し出して、

「真由子ちゃん、今日のニットワンピース、とっても可愛いよー」

と笑顔で褒めてくれた。

「有難う、流星くんに褒められたくて、こんな可愛いスタイル、アラ還なのにしましたー」

2人は笑い合いながら、新宿東口の先にある真由子が予約した大きな水槽のある隠れ家レストランに向かった。魚座生まれの流星のために、真由子はネットで熱帯魚が泳ぐ水槽が店内をぐるっと囲む素敵なレストランで、誕生日スペシャルランチを予約していた。レストランは東

口からほど近いビルの中にあり、店内に入ると日曜日の昼間だけに大勢の客で賑わっていた。

店の一番奥の席に通された2人は並んで席に座った。目の前をキレイな熱帯魚がゆらゆら泳ぐ水槽がある。真由子はさっそく流星の25歳の誕生日の乾杯をシャンパンでした。今日の流星の片耳には、見慣れた十字架や半円リング型ではなくて、小さな地球儀を思わせる丸く青い天然石のような新しいピアスが存在感を漂わせて揺れていた。真由子は新しいピアスが誰からの誕生日プレゼントか訊ねた。

「あーこれは、お姉ちゃんの彼氏が、アクセサリーを扱ってる商売してて、買って貰ったんだ」

「へー、そうなんだ。ミニ地球儀みたいな青い色で可愛いねー」

水槽レストランでの誕生日ランチは、ツーショットや動画なども撮って、和やかなうちに終了した。ランチが2時間半ちょっと。2人は今度はタクシーに乗って新宿西口の都庁の先にあるパラダイスアロマの店舗があるマンションへと向かった。あと3時間、夕方18時までが真由子の予約時間だ。

後半は店舗でゆっくりマッサージとお喋りをして流星と過ごそうと真由子は思っていた。マッサージをしながら不意に流星が鼻歌を歌い出す。それは去年大ヒットした「ｐｒｅｔｅｎｄｅｒ」という曲だった。しかもサビの部分だけ歌詞を強調するように、流星は歌ったのだ。

真由子はそれが何を意味するか瞬時に悟って言った。

「なになに、その歌詞を、私に向けて歌っているんだな！　流星はー」

「アハハ～分かったの？」

まったくなんてヤツなんだろう……流星は、分かりやすいにもほどがある……。

マッサージタイムが終わると流星は、真由子の手前に座って真由子に急にもたれかかった。

そしてこう言ったのだ。

「身体が小柄で細い女の子には、こうやってもたれかかって甘えたり出来ないからねー」

何やらずいぶんと具体的な言い方だった。

その時点で鋭くツッコめるくらいだったら、良かったのに……と後になって真由子は思うのだが、そこは年齢重ねてもどこか乙女チックで、恋愛に関してはとんと厳しい追及など出来るキャラではないのだ。普段の真由子の様子から考えると意外だが、好きな流星を追及する事は出来なかったのだ。

1年前はこの新宿店の部屋でずいぶん長い時間、甘々なハグを流星にして貰って過ごしたが、今日の流星と真由子は、まるで2匹の親子ラッコのように、真由子が流星の背中の上に寝そべると流星が、3度も真由子を身体を揺らして振り落とす、そんなふざけた繰り返しばかりをしていた。楽しかったが終了時間まで甘々な雰囲気になることはなかった。

18時になり、真由子は新宿店を出た。新宿駅で電車に乗る前に女子トイレに並ぶと、真由子の目の前に並んだ、ちょっとポッチャリ女子が振り返った。

「あー、真由子さんじゃないですか！」

「えっ、リナちゃんじゃないの！　びっくりしたー。今からホストクラブに遊び行くの？」

「そうなんですよー。凄い偶然過ぎてびっくりしました。友達と今日来てるんです。真由子さんは今からセラピストさんに会うんですか？」

「ううん、私はさっきまで会っててもう終わったから、これから帰るのよ。じゃ楽しんできてね、また職場で会おう」

同じ老人ホームで働く18歳の若い子と、偶然にも女子トイレでバッタリ会った。

歌舞伎町のホストクラブに通うのが好きだと職場で聞いていたが、まさかこんな所で会うとは……人生にはまったく予期せぬ事があると真由子は思った。

真由子はいつも通り1人で電車に乗って帰宅した。途中この偶然を流星にＬＩＮＥで報告しておいたら、夜、流星からＬＩＮＥが届いていた。

『今日は、お誕生日ランチ有難う、楽しかったよ。帰りに職場の女の子とトイレで並ぶなんて凄い偶然だな笑。またね～』

真由子は、流星からのLINEが、嬉しかった。

しかし、このLINEを最後に普段のLINEを流星に送っても、なかなか既読が付かなくなり、ひとことの返信やスタンプさえ送られてこなくなった。こうして真由子の困惑と寂しい日々が、始まった。

深まる溝、困惑の日々

預金が減って、流星に予約が入れにくくなって我慢の日々が真由子にはツライ。流星にLINEを時々送っても、既読スルーばかりで、流星からの返信やスタンプでのリアクションもなくなっていた。

真由子はたまらず流星に、

『なんで流星くんは、スタンプのひとつも返してくれなくなったの?』

とLINEすると、流星から久しぶりに返信があった。

『予約入れてくれたら会えるし、予約のLINEなら反応するよ』

今までの真由子は継続したリピート客だったので、流星はある程度の雑談LINEにも応じていたと言うのか……。真由子が流星に段々と貯金が減ってキツいと正直に伝えたからなのか、素っ気ないLINE対応が誕生日お祝いデート終了後からは続いていた。

流星と出会った頃は、流星の熱心なアプローチを受けて、会話も弾みツインソウルかもしれないって、あんなに盛り上がっていたのに……。

NGからの奇跡の復活を経て、また順調に関係を育めるかに思えたが、実際は今年の年明け以降、流星の気持ちは真由子から離れてしまったのが、真由子にも手に取るように分かった。

それでも真由子は諦めきれず、深夜の1時過ぎに突然、流星にLINE通話をかけた。すると、

「なに、いきなり何の用なの?」

困惑した様子で通話に出た。周りでは複数の若い女性の嬌声が賑やかに聞こえていた。流星は酒好きであり、ほぼ毎晩、大学生時代にバイトしていた歌舞伎町のボーイズBARに、男友達が店長になっているよしみで安く飲めると通っていた。

「今から、別の店に移動するから、切るよ。俺、お気に入りの可愛い娘には、めっちゃ甘々で、ぜーんぶ奢《おご》ってあげるんだー」

真由子の神経をワザと逆撫でするような言葉を嫌味ったらしく言って、酔っ払い流星のL

ＩＮＥ通話は一方的に切れた。

普通はここまで馬鹿にした態度や冷たい言葉を言われたら、嫌いになりそうなものなのだが、真由子はほんの2ヶ月前まで仲良く優しくしてくれた流星との思い出がたくさんあり、そう簡単に流星との関係を諦められないのだった。そして流星のＬＩＮＥの反応がずっと既読無視のまま、ゴールデンウィークとなった。

何とか流星に会いたい真由子は、ゴールデンウィークもほぼ満杯の流星のシフトに2日の夜の早い時間だけ3時間ほど空きがあるのを見つけ、2ヶ月ぶりに予約を入れた。

夕方18時前の新宿駅に真由子の姿はあった。

流星のＬＩＮＥはまだ既読が付いていない。不安になって真由子はＬＩＮＥを連続して送るが反応がないので、いよいよ通話をかけた。

「えっ、今日の夜、予約入れたの？　ヤバ……オレずっと寝てて、今起きた……」

流星は真由子の予約に気がついていなかった。

「今、新宿なの？　じゃあ、いつものホテルに入って待っててくれない？　今から急いで準備して行くから……」

夕方まで寝ていた流星にびっくりした真由子だが、どんな風でも会えるのが嬉しくて、急いでいつもの歌舞伎町のホテルにインして待った。7階のその部屋に流星がやって来た。2時間しか会える時間はないと言う流星。それでも2ヶ月ぶりに愛しい流星に会えた真由子は嬉しくて、ベッドに横になった流星に思わずしがみ付くように抱きついた。少し驚いた様子の流星だったが、そんな必死な真由子に対して、少し可哀想に思ったのか、

「……たまに会えばいいじゃない、こうやって……」

と、優しく真由子の身体を抱きしめた。

冷たい言葉やLINEもずっと既読スルーだったけれど、この夜はホテルの部屋の大型テレビでYouTubeで「ドライフラワー」のカバーを聴いたり、2人組のお笑い芸人のコント動画を見て楽しく過ごした。真由子が、お笑い芸人の真似を流星にせがむと、ノリのいい流星は芸人の真似をして真由子を笑わせてくれた。

普段の雑談LINEなどなくなっても、会うとサービス精神を発揮する流星もいるので真由子は、やはり流星への想いが変わることはなかった。そして6月中旬、渋谷店で2時間の予約で会えることになった。真由子は介護の仕事をして、湘南の自宅から1時間半かけて渋谷や新宿に出かけて来ている。だから2時間会う流星のギャラ2万以外に、JRの往復代や駅近に車を止めている駐車場代など含めると最低でも2万5000円はかかるのだが、流星に会うの

が何より楽しみの真由子には、その費用を捻出するのは、惜しくもなかった。

その夜の流星には、珍しい異変があった。

「ごめんシャツが汗臭いかもしれないよ」

（うわっ！　本当に酸っぱいイヤな臭いがするよ。洗濯してないんだ、流星くん……）

真由子は不意に眉をしかめたが、

（流星くんは、昼間はＩＴエンジニアして、夜はパラダイスアロマの兼業セラピストだから、忙しくて洗濯する暇がなかったんだ……）

と流星の生活の忙しさを思いやった。しかし流星のシャツが汗臭いので、マッサージの後はバックハグだけして帰ったのだった。

7月は七夕に予約を入れたのに、流星からの返信が遅いのに真由子は怒り、予約を取り消してしまうと、すかさず別のお客様に予約を入れられてしまった。気を取り直して8月半ばに予約を入れたが、その数日前、介護の仕事で無理をした真由子は、腰を痛め立ち上がれないほどの激痛となり仕事を休み、当然、流星の予約もキャンセルした。腰痛で立てないので申し訳ないと、丁寧に断りのＬＩＮＥを流星に送ったが、流星からは、お大事になどのひとことのＬＩＮＥも送られてこなかった。真由子が、嘘をついて予約キャンセルしたと思ったようだ。

だとしても、まったく何の心配もせずＬＩＮＥをよこさない流星は、性格に問題があると冷静になれば思うのだが、その頃の真由子は、酷い対応だと思いつつも、流星に醒めるとまではならなかった。恋をしている渦中の人間は、滑稽なくらい相手の本当の姿が見えなくなっている場合がある。その典型が真由子だったのだろう……。


８月の終わり頃、Ｋ-ＰＯＰのライブ観戦が終わった翌日に真由子は流星とお店で会った。

「いろいろあっても、俺は真由子ちゃんの事を、気に入ってるからなぁ……」

との流星の言葉に気をよくし、平和な２時間を過ごして帰った。

９月半ばの平日夜、渋谷店でマッサージを受けていると、

「真由子ちゃん、ずっと掲示板に書き続けてるよね、内容は読んでないけど、俺のパソコンに書き込みした通知が､ずっと届いてるよ。だから真由子ちゃんは、掲示板に書くヒトってイメージが、俺の中で固定したんだ……」

残念そうに、そう流星に言われた。

真由子は、うまく言い返す事も出来ない、なぜなら結局、ＮＧ騒動が収まり、無事復活出来た後も、流星の個人スレ以外の店スレなどに流星の個人名などは出していないが、若イケと友

達ピと3人での横浜デートが楽しかったなど、無分別に書き込みをちょこちょこ続けていたから……。内容はどうであれ、掲示板への書き込みを忌み嫌っているセラピストの流星からすると、真由子は書き込みという迷惑行為をやめないクソ客。悪い印象の方が、すっかり強くなってしまったようだった。

ツインソウルかもしれないと、不思議なご縁を感じる共通点もシンクロもいっぱいあって、出会った去年3月からあんなに仲良くなり、盛り上がったのに……掲示板での2人の深い関係の暴露書き込みがバレてNGになって、2ヶ月後に真由子の起死回生の行動から奇跡の復活を遂げて、再会後は、横浜のカオルを含めても数回、それ以外にも高尾山、銀座、クリスマスイブの表参道、六本木イルミデートなど楽しいロマンチックなデートをして過ごした2人だったのに……。

今年になって年明けから流星の態度や言動は、明らかに真由子から離れた様子で、ずっと遠くへ行っていた。その流星の心の行き先が真由子には見えず、しばらくしたら去年までの真由子を特別扱いしてくれた優しい流星にきっと戻ると信じて、真由子は細々と店に月1ペースで通っていたのだが……。真由子個人の預金が減り、介護のハードな仕事で時に激しく腰を痛めたりしながら、それに対する気遣いもなかった流星なのに……男性、いや男女を問わず、心変わりした方の者は、どこまでも冷たくなるのが、人間関係の常である。接客サービス業でも、好きじゃない客にはそれほど取り繕えない。それが人間という生き物の正直な姿なのだ。

10月半ば、渋谷店の部屋でマッサージし始めてすぐに流星は、

「オレ若い子が好きなんだ。女子中学生とか本当いい……」

と真由子に突然言い出した。

（これ還暦前のオバさんの私に対するストレートな嫌味なのかな……）

ショックと同時に真由子はへこんだ。出会った頃の流星は、2人の大きな年齢差についても、今の真由子さんだから、オレと知り合えたんだと思う、年齢の隔たりは話してて全然気にならないよって言ってくれていたのに……。

その夜、真由子がマッサージ終わりに2度目のトイレに行こうとすると、

「また、トイレですか？」

半ば呆れたような顔をして流星は、嫌味ぽく真由子に言ってきた。そしてその夜の帰り際、マンションの玄関前で、

「真由子ちゃんでも勤められるオールレディースって熟女デリヘルの店があるよ。女性なら誰でも入店出来るからね」

とニヤニヤと笑いながら、完全に馬鹿にした調子で真由子に言い放ったのだ。

（何で突然、熟女デリヘルの話とかするんだろう？　意味が分からないんだけど……）

怒りより先に困惑した。しかし帰り際だし気分を壊したくなかった真由子は、

「何でいきなりオールレディースの店を勧められるのか、意味分かんないよー」

明るく笑いながら、冗談をやめてという感じに流して店を後にした。しかし電車に乗って帰りながら、冷静になってきちんと振り返ると、あの発言は流星がワザと真由子を嫌な気持ちにする為、女性なら誰でも入れる風俗店の話をしたんだ……と分かり、落ち込んだ。そして安くないお金を支払ってわざわざ渋谷まで会いに行く真由子の気持ちを踏みにじる発言を、数度繰り返した流星に怒りが湧いて、帰って数日間経ってもそれは消えなかった。真由子は流星にＬＩＮＥで数日後に、その事を問いただした。

『何でこの前、女子中学生がいいとか、トイレばっかり行ってとか、あと帰り際にオールデリなら働けるとか私に酷いことばかり言ったの？』

『えっ何が？　意味分かんないんだけど……』

流星はもう忘れていたようだった。真由子は通話したいと流星に告げた。

真由子は、自分がどれだけ不快や不愉快で、帰ってからもずっと怒り、気分が悪かったかを流星に訴えた。それに対して流星は、

「女子中学生、そんなの言ったっけ？　現実あり得ないでしょ。あとオールデリってダメなの？美魔女クラブって言えばよかったんだ」

終始、開き直った感じの適当な言葉を繰り返し、謝りもしない。

「とにかく凄く気分害したから謝って」

「あーはいはい、ごめんねー、これでもういいかな」

素っ気ない心のこもっていない謝罪を受け、そこで真由子は諦めて電話を切った。流星からは即座にｐａｙｐａｙで真由子との20分の通話料２０００円の請求がスマホに来た。真由子は流星からＮＧ客からの復活後は、ＬＩＮＥ通話も10分１０００円の通話料を毎回、ｐａｙｐａｙで流星個人に支払わされていた。最初から数ヶ月までの無料ＬＩＮＥ通話は、すっかりなくなっていたのだ。

そう考えると再会後の流星は、相当シビアな気持ちで真由子に接客していたのがよく分かるのだが。真由子自身は、流星への特別な思い、ツインソウルだからとずっと流星に期待し続けて、好意も深まるばかりだった。こんなに酷い塩対応でも、流星からの優しさが戻ってくるのを、真由子は諦めることは出来なかった。そして真由子の流星への恋の苦難の道は、さらに険しいものへと続いていく。

Chapter 5

東京フェイクLove♡

引退発表

11月になった。今月は真由子の誕生月である。働いたお金の中から何とか、去年のように横浜のカオルを呼んで3人でホテルで泊まってバースデーを祝うなんて贅沢は無理にしても、せめて流星とゆっくりランチと店舗でのマッサージでロング予約を取ろうと真由子はしていた。

『去年みたいには出来ないけど、6時間予約したから、小さな花束プレゼントしてくれないかな』

『それは無理だな。今年は真由子ちゃんより、全然たくさん来てくれてるお客様にも何もあげてないんだから』

『じゃバラの花一輪でいいから』

『あー、分かった。お祝いだもんな』

LINEでこんなやり取りを交わした。しかしその数日後流星から、

『真由子ちゃんの予約っていつだったっけ?』

という残念なLINEが送られてきた。真由子の中で怒りの糸がプツンと切れた。去年みたいに雑談LINEにも一切応じてくれない流星の冷たい態度を我慢して、自分の誕生月は頑張ってロング6時間予約を入れてたのに……この有り様、金銭的にも余裕はないし、頑張って

ロング取ったのにLINEを見失うなんて、やーめた。真由子はすぐ流星に予約キャンセルのLINEを入れた。すると、

『えっ、キャンセルするの？　分かったよ』

流星はあっさりと了承した。それから2日後、真由子はもう一度ロングの予約を入れたくなって流星にLINEで打診するが、

『キャンセル出たから他のお客様に連絡して、もう予約は埋まったよ』

流星は真由子のキャンセル後、すかさず他の客に連絡して予約枠を埋めてしまっていた。

11月は結局、満員なので予約は入れられなかった。1年前の11月は、3人での誕生日会や流星と高尾山で紅葉デートをして充実していた、それが今年は流星とチラッとも会えない寂しい真由子59歳の11月となった。その11月下旬の25日土曜日の朝8時頃、真由子の携帯に不意に流星から着信が鳴った。真由子は慌てて電話に出た。

「えっ、どうしたの？　通話したいとか送ってないのに、電話貰ったけど……」

「えっ、昨夜なんか送ってこなかった？」

周囲の音が騒がしい。流星は駅のホームにいるようだ。うるさくて話し声はよく聞き取れない。

「今朝は早起きして行動してるんだね」

「もう朝8時だよ」

普段の土曜日なんて、金曜日の深夜まで歌舞伎町や新宿2丁目でお酒を飲んで、昼頃まで寝ているくせに。2日酔いで昼のパラダイスアロマのお客様も寝坊で飛ばして、インスタのストーリーで不貞腐《ふてくさ》れた謝り方してお客から非難もされた数ヶ月前の出来事も、真由子はしっかり覚えていたから、流星には早起きのイメージはまったくない。

朝から10分の聞こえない通話に2000円のｐａｙｐａｙを割り切れない気持ちで真由子は送った。きっと流星は持ち金が足りず、咄嗟に真由子に有料通話をかけてきたのかもしれない。大好きな流星が朝からくれたＬＩＮＥ通話が嬉しくてうっかりｐａｙｐａｙで送ってあげた真由子だが、別れて醒めた後に考えたら、まったく都合よくお金を補填していたとしか思えない出来事だった。

そしてその日の翌日、日曜日の深夜だった。

夜中に起きてスマホでパラダイスアロマのホームページを何気なくチェックしていると、そこには、衝撃的なニュースが書いてあった。

花川流星のページの見開きに大きく「花川流星セラピストは、２０２２年12月31日をもちまして、引退致します。今までたくさんのお客様にご利用頂きまして、誠に有難うございました」

流星の衝撃的な引退のお知らせがプロフィールの写真の上に出ていた。

（えっ!! まさかこのタイミングで辞めるなんて……最近は3年目の来年までは、何となく続けそうな雰囲気だったのに……）

突然過ぎるよ、胸が締めつけられて、真由子は苦しくなった。ショックでスマホを持つ手も細かく震えた。真由子はその日の朝、職場に、数日間の休みを申請した。精神的にショックを受け、頭の中が流星の引退でいっぱいとなり、とてもじゃないけど、まともに仕事をこなせそうになかった。

その朝、真由子は家の近くのチェーン店の喫茶店に駆け込み、午前中、ボーッと過ごした。兼業セラピストの流星が、そう長くセラピストの仕事を続けられないのは、分かっていたはずなのに、やはり来月で辞めてしまうのは、予想外過ぎて頭がついていかなかった。冷たい態度になっていた流星だけど、予約したら必ず会えるし、ＬＩＮＥも繋がっているのが、やはり真由子の大きな支えだったのだ。流星が引退してしまうと、会うことはもうないだろうし、以前流星が、「辞めたら、お客様のＬＩＮＥは全員ブロックする」って言っていたから、連絡も取れなくなるんだろう……来月末までで、真由子が愛してやまない流星とは、強制終了になる。

真由子はそんな現実を突き付けられ、呆然となった。

それは流星が引退を発表して数日後のことだった。

突然、流星の公式インスタグラムのストーリーにまたまた衝撃的な写真と文章がアップされた。それは新宿区の総合病院の救急外来を受診した、治療入院の診療明細書だった。その上に「しばらく連絡つかないので、すみません」と流星の手書きメッセージが載せられていた。救急車で運ばれた上、入院を数日するほどの加療が必要な身体の状態とはいったい流星はどうしたのだろう？

以前から、お酒はほぼ毎日毎晩、そして週末の2日は、歌舞伎町のバーテンとして勤めていた古巣のＢＡＲや、新宿2丁目に毎度行くほどのアルコール漬けの流星だから、急性アルコール中毒でも起こしたのだろうか？　それならまだしもだが、流星は週末の夜も女性客と会ってそのままホテルに行っている事もあるようだし、その際にＳＥＸドラッグ、いわゆるキメセクでもして調子が悪くなって救急車で運ばれたのか？

最悪な予想が、真由子の頭をよぎり出した。流星が普段から吸っている電子タバコも、ネット記事によると歌舞伎町界隈では、リキッドという違法薬物が流行っていると書いてあるではないか。流星は本当に何をしでかして救急搬送されたのか？　もう、このスキャンダラスな救急搬送入院で、真由子の頭は、ダークな流星の夜の生活に想像を巡らせて、気持ちは落ち込む一方だった。

真由子は、怖くなったが流星に思い切ってＬＩＮＥで訊ねた。

『いったい何で救急車で病院に運ばれたの？　急性アルコール中毒か何か？』

するとそれから2日後くらいに流星から、ひょっこりＬＩＮＥが返ってきていた。

『ご心配をおかけしました。アルコールと一緒に摂取したモノが、良くなかったようです』

とだけあった。この文章を読んだ真由子は、怪しさと不安が増すばかりだった。

違法薬物とかじゃないんだろうねー、ギリギリ合法ドラッグかな？　どっちにしてもそんなものは、女性とホテルで何かする時に使用するモノだし、流星くんは結局、私が思っていたかった人物と違って、ずいぶんダークなヤツなんじゃないか。大学生時代から歌舞伎町のボーイズＢＡＲで3年以上夜中から明け方まで働いていた流星は、大学院卒業と就職内定の目処が立ったところでバーテンを辞めて、パラダイスアロマのマッサージセラピストに転職したのだ。普通のパート主婦として生活してきた真由子には、まるで預かり知らぬ大都会東京のしかも新宿歌舞伎町で生活費も学費も全て稼いできたやり手の青年の真実の姿を、突きつけられたようだった。パラダイスアロマの店の個室で、一対一の接客を受け、個人ＬＩＮＥをすぐ交換してやり取りを重ね、リピ客として何十回も流星と会っていくうちに、流星にとっては、延べ

100名以上いたはずのたくさんのお客様の1人の真由子だが、真由子にとって流星は、個人的にとても親しくなった自慢の、ボーイフレンドのような存在だった。

しかしながら、実際のところ、真由子は流星の本名も出身大学も、勤め先である外資系IT企業の名前も、何となく薄っすらヒントを教えて貰っただけで、何にも知らないのだ。そんな花川流星という源氏名で働く男性に、真由子はこの1年と10ヶ月ガチ恋をして沼って過ごしてきた。流星を巡る真実を思うと、真由子の心の中に、どんよりとした闇が、広がっていった。今まで真由子は、流星と会って過ごす楽しさを第一に考え、自分に不都合な真実は、なるべく見ないようにしていたのかもしれない……真由子はこう考え出した。

(結局、私は流星くんのこと、本当は殆ど何も知らない、教えて貰ってもいないタダのお客の1人なんだ……)

真由子の心に初めてはっきりとした大きな重い闇が広がっていった……。

(流星くんと出会った頃は、ひたすらドキドキして、流星くんの素敵さに夢中になって。流星くんからも、真由子ちゃんは俺のツインソウルだと思うって言われて、2人の関係が特別なモノなんだと信じて疑わなかった。たくさんの楽しいデートをして一緒に過ごした時間が確かにあった。でも掲示板に私が書き込んで。やっと復活したけど、今年になってからの流星くんは、明らかに私の事など、どうでもいい扱いのずっと塩対応だったわ。ツインソウル、ツインレイ、ツインフレームだとか、何人もの霊感占い師に言われたのに、魂の絆なんて、幻想だったのかな……今は、本当何でもない。いや、むしろ嫌われ軽んじられてる客が私のホントの姿……）

もう終わりなのかな……真由子がそう思う中、パラダイスアロマのホームページに流星の僅かな12月のシフトが載っていた。流星は病院を数日間で退院して、セラピストに復帰していたのだ。真由子や他のお客も流星の様子を心配して、薬物使用の疑いも少し掲示板に噂された中だったが、普通に退院し、セラピストとして仕事が出来るなら、騒がれた疑いは大丈夫だったようだ。

それにしても引退間近になって、流星という男は、お騒がせな男だ。

流星の引退発表と、その数日後に救急搬送されてからの入院の原因は明かされずシレッと退院、流星ラストの２０２２年12月師走が始まった。引退と入院騒動の大波を真由子は何とか乗り越えて、冷静になって、流星とどうせ最後になるなら昨年の12月同様、流星とカオルと真由子の３人で、少しリッチに銀座のカラオケ屋でお別れ会をしたいと企画し、流星とカオルにそれぞれＬＩＮＥで伝えると、２人とも喜んで忙しいスケジュールの中、合わせてくれた。今やカオルは横浜でトップをキープしている超売れっ子になっていたので、12月最初の土曜の昼から夕方までならスケジュールを合わせられるというので、そこに設定した。流星の方はセラピストとして最後の月だが真由子がシフトを見ると◯の印はなく、流星が仲良くしているリピ客だけに対応している感じだった。

『良かったー、流星くんとカオルくんと私の3人で会えるなんて。流星&カオルのアイドルユニットを最後にまた見たいよー。私、青春アミーゴとかがいいなぁ……』

『オッケー、流星くんと練習しないとだな。3人で会えるの、久しぶりだからめっちゃ楽しみだよー』

カオルからは、ノリノリのLINEが返って来た。

『俺も、凄く楽しみ。有難う真由子ちゃん♡』

流星からも、こんなウキウキする返信は本当に久しぶりだった。

真由子は銀座でお洒落なカラオケが出来る店を予約し、昼間のコース料理なども頼んで準備万端整えていた。いよいよ楽しみな土曜日が迫っていた水曜日の午前中、流星からLINEが届いていた。

『真由子ちゃん、俺の予約時間を5時間から3時間にしてくれない？　まだ体調が悪いんで』

『えっ！　何でよ、それだとカオルくんの予約時間が3時間だから2人で歌ってランチ食べて一緒に帰ってしまうことになるんだよね？　流星くんが、5時間とカオルくんより2時間長くしてるのは、私と最後に少しゆっくりして銀座のカラオケ店から、去年の12月みたいに丸の内通りを通って最後、東京駅まで送って欲しいからそうしたのに……』

流星から返事のＬＩＮＥはなかった。最初は5時間で受けたのに、体調を崩してるのを理由に2時間短縮してカオルと一緒に帰りたいという流星の頼みは、最後の流星との２人だけの時間を過ごしたい真由子の切ない想いを無惨に断ち切る身勝手なものだった。体調が悪いならそもそもカラオケだって無理なんだし、２時間の延長は、座ってゆっくり話して東京駅まで真由子を送る簡単なエスコートなのだから、それさえしないというのは、真由子と２人の最後の２時間の接客が面倒とか嫌でしょうがないと思っているんだと、真由子は正しく理解した。

それでも、何とか流星を3時間にする代替え案を真由子はＬＩＮＥで送った。

『もし3時間で土曜日帰るなら、12月中に3時間どこかお店やホテルで流星くんとゆっくり会える時間は取れるの？　それなら土曜日は3時間で我慢するけど……』

すると流星からこう返信があった。

『どこかに空きがあればだけど……』

（代替えの日なんか考えもしないってことじゃない……呆れた……）

真由子の中で流星のこの返信が決定的となった。流星と最後の２人きりの貴重な時間を過ごしたい……２年近く流星を本指名して予約し続けて、ロングでたくさんの思い出を作ってきた真由子に対して、流星のラスト予約短縮は、あまりに酷い仕打ちだった。週末のカラオケまでもう３日前だ……数時間、考えて真由子は、辛い決断をした。まず銀座のカラオケ店の予約をキャンセルした。幸い今日までがギリギリキャンセル料金のかからない予約取り消し日だった。そしてカオルの方の予約をホームページから取り消した。そして本当に楽しみにしていた様子のカオルに申し訳ないと思いながら真由子は、銀座のカラオケの予約を取り消したことをＬＩＮＥで報告した。理由は、流星の５時間から３時間の予約短縮が、納得出来ないことをカオルにも送った。

『えっ、流星くん、予約時間短くしてって頼んできたんだ。ふーん、そうか。で真由子ちゃんは嫌だもんな。それじゃ、分かったよ。凄く残念だけどさ……』

カオルは、真由子の理由を仕方ないと、受け止めてくれた。

その夜、流星から真由子にＬＩＮＥが来た。

『真由子ちゃん、銀座のカラオケの予約、カオルくんから、キャンセルしたって連絡来たけど……』

『うん、本当だよ』

『残念だよ。せっかく3人で会えると思ってたのに……』

（ううん、カオルくんとは会いたいみたいだけど、私はどうでもいい、むしろ私と2人きりで過ごすのが苦痛だから、予約時間の短縮を頼んできたくせにね……）

苦々しい思いが、真由子に沸き起こっていた。ただ今回はあまりにも流星の身勝手さに真由子も心底がっかりして、かえって冷静になり、詳細な気持ちは書かずにLINEを返した。真由子と出会った頃の流星は、24歳になったばかりのキラキラした若者ながら、真由子に対して落ち着いた態度と言葉で信頼を得てきたのだが、セラピスト最後の月に見せた流星の対応は、わがままで自分本位な25歳の若者……に変わっていた。

あゝ無情……レ・ミゼラブル……フランス好きな流星と、「あゝ無情」の本を子供の頃亡くなった父にプレゼントされて愛読した真由子……まさに、あゝ無情……である。

どんなに好きで尽くしたと思っても、叶わない想いはあるのだ。真由子は、これ以上惨めな想いをしない為に、自ら、断腸の想いであんなに楽しみに計画した銀座カラオケ会、流星に最後に会うチャンスを取り消した。

また来世で

流星と会える最後のチャンスだったであろう銀座での３人カラオケをキャンセルした真由子は、憔悴した毎日を過ごしていた。そして同時に、身勝手な申し出をした流星に何度か怒りがこみ上げてくることもあった。しかしもうすぐ引退する流星に、そこまで怒りの感情をいつまでも抱いていてもしょうがない……と千々に乱れる感情を何とかコントロールしつつ、真由子は仕事を淡々とこなす日々だった。

真由子が予約キャンセルした後、掲示板のパラダイス店のスレを見ると、流星のリピ客のラストに入った書き込みが複数、上がっていた。

『最後の花川くん、よかったあ……』

『もうクリスマス以降、仕事しないみたいだね』

年末引退となっていた流星のパラダイスアロマでの仕事は、クリスマス前までに終了したようだった。真由子は、思い残すことがあるのが嫌なので、流星に最後だと思うＬＩＮＥを送った。

『流星くん、お疲れ様、パラダイスアロマでの仕事は終了したの？』

『そうですね……』

『この前、会えなかったし、最後に私の願いを聞いてくれる?』

『なに?』

『短くていいから、最後に通話したいです』

『分かった。ちょっと待って……』

ＬＩＮＥ通話の呼び出し音が鳴った、流星から真由子へ、しばらくぶりのＬＩＮＥ通話がかかってきた。

「あっ、電話してくれて有難う。本当にもうすぐセラピスト引退なんだね……」

「そうだね……」

「私が来年、またお金に余裕が出来たら、浅草で着物を着てデートしたいって言ってたプラン、セラピスト辞めても個人的に引き受けてくれないかな?」

「もう、そういうのは、やらないよ」

「そっかぁ……それはがっかりだけど、でも2人であちこち行ったのは、本当に楽しかったわ……」

「それは俺も本当にそうだよ……」

「いろいろな所、一緒に行ったね……中でも去年のクリスマスイブなんか、最高にロマンチックだった。あんなドキドキ、ワクワクしたクリスマスイブを過ごしたこと、私の生きてきた中で初めてだったよ……」

「そう言って貰えると、俺もセラピストの仕事をやってて、良かったなって思えるよ」

珍しく流星が、真由子に合わせるように、しみじみと言う。

「それと、最初の頃に私達、いろいろな共通点が見つかって、ツインソウルじゃないかって2人でずっと言ってたじゃない？　ツインソウルだと思ったのは今はどうなの？」

「……今でもそう思ってるよ……」

流星から、ツインソウルだとお互いに思ったあの気持ちを否定せず、今もそう思っているとの言葉が返ってきて、真由子は心から安堵し、嬉しく思った。

それから年末頃には、真由子が追加で送ったＬＩＮＥは未読のままになり、真由子が恐る恐るＬＩＮＥスタンプを流星にプレゼントしようとすると、「そのスタンプは持っているため、受け取れません」との表示が出た。それは流星が真由子からのＬＩＮＥをブロックしたと分かるものだ。これで完全に流星と真由子の絆は、断ち切られた。

そんな中、掲示板の流星の個人スレッドは、異常な盛り上がりを見せ、書き込み件数が爆上がりしていた。

引退するにあたって、人気セラピストにはある個人スレッドが、炎上していた。花川流星というセラピストは、まさに、凄い魔性のセラピストだったのだ……。

スキャンダラスな炎上

流星が引退を発表して、いよいよ勤務を終了させたクリスマス過ぎ辺りから、掲示板の流星の個人スレッドは、書き込みの数がかなり増えていった。その殆どは、魅力的なセラピストの引退を惜しむ書き込みだった。理系大学院卒の外資系ITエンジニアが本職のハイスペックイケメンセラピスト流星。大学生から歌舞伎町のBARで働き、女性相手の接客が天職なのではと思わせるような、お客様の年齢や職業、性格に合わせた巧みな会話とマッサージに、抜群の恵まれたルックスも相まって、お客の気持ちを虜にしてしまう流星。一緒にいると、まるで本当の彼氏や恋人のようにお客様に魅惑的に寄り添い、家に帰った後、次にお客様がリピートしたくなるような雑談LINEも、兼業で忙しい中、1日何十件ものLINEやスタンプのやり取りを厭わずやり続けた流星。お客様を、魅力的な容姿と聞き上手、甘い言葉や冗談の返しもうまい可愛いスタンプなどで飽きさせず、リピ客を増やし続けた流星。流星のリピ客は、業界で言うところのセラピストに沼、またはガチ恋している客が殆どだった。

ただ、それだけで終わらなかったのが流星の掲示板だった……。

『花川くんに毎回、ホテルに出張で来て貰ってましたけど、毎回性的なマッサージや関係にまでなってました』

ホテルに流星を呼んで出張マッサージを受けた客からの、この手の書き込みが複数あった。掲示板という真偽の確かめようがない場所での書き込みではあったが、真由子は自分が掲示板にほぼ本当にあった事を正直に書き込みするタイプでもあるので、流星の過剰な行為の書き込みも、ほぼ事実だったんだろうなと感じた。もちろん流星を彼氏のように好きで愛してさえいる真由子にとっては、読んでまた嫌な気持ちになり、落ち込むことでもあった。

さらにその後に、業界で言うプラベ女性（男性セラピストが、お客じゃないプライベートで会う女性）が、最初の1回目だけお客様で来て、流星のマンションに遊びに来るように誘われて毎週土曜日の昼間から夜、アロマの仕事に出かける前まで、去年の11月頃から毎週会っており、真由子が断られた今年のクリスマスイブを流星と過ごしたと書き込みしていた。女性アイドルに顔が似てると言われますと自信ありげなそのR子ちゃんは、イブに流星からブランド物の小物までプレゼントされたと自慢マウントしていた。殆ど流星のセフレというより、まるで彼女みたいな存在である。

（私を甘々接客してる一方で、プライベートでは可愛いプラベが出来ていたんだ……）

ショックな書き込みではあるが、いくら女性相手の仕事でも、流星にずっと彼女が出来ない方が、不自然なんだから仕方がないと、真由子は落胆しながらも、気持ちを何とか落ち着かせようとした。

真由子が驚いたのは、流星は去年の8月頃、真由子がNG客として、しばらく通えなかった間に、パラダイスアロマの他に、都内に僅かしかない、マゾ女性がお客様として来るSMクラブに、サディストのキャストとして1年数ヶ月勤めていたと書かれていた事だった。それはパラダイスアロマのリピ客の間では、割と知れ渡ったことであり、流星本人がお客に伝えて、アロママッサージ店とSM店両方のお客になっている人も複数いたようだ。確か去年の7月に真由子とデートした時、流星本人から、SMに興味があってやってみたいとは聞いたのだが、それが実際、流星がキャストとして働いていたなんて、真由子には、青天の霹靂くらいの衝撃的な事実であった。

私は、流星くんのこと、実は大して知りもしない客だったんだ……頭の中は、私の王子様の流星くんでいっぱいのガチ恋、沼、いわゆる頭の中が、お花畑の客そのものだな。流星くんと私はツインソウルなんだから特別なんだわなんて浮かれていたのが、馬鹿みたい……。

真由子は、流星の引退のお知らせの時にかなり落ち込み、最後の銀座の予約キャンセルも落ち込みが続いたが、今回の掲示板の暴露話の連続は、真由子には受け止められない話ばかりで、それを知って深い闇の中に突き落とされた気分になった。

私は、流星くんのことをよく知らないただの客だったんだ……。真由子は、ショックでベッドに倒れ込み、ひたすら眠った。もう、何も信じられないし、考えたくない……。

知らぬが仏というか、真由子は去年の夏前に流星との深い仲などと書き込みをした事を、流星自身に知られてからは、すっかり流星からの信用を失い、そこから個人的な情報は何も教えられず、ただパラダイスアロマのリピ客としてフツーに接客されていたようだ。

ＳＭクラブでのＳＭプレイの34歳バツイチの美容インフルエンサーが、流星をプレイのお相手のSとして指名してから一目惚れし、たくさんのロングや貸し切りをするような太客となっていた。パラダイスアロマの客にもなり、流星への想いを赤裸々にＴｗｉｔｔｅｒやインスタのストーリーに載せて発信し続ける彼女は、エルビューティと命名されていた。エルは、流星のマンションにも出入りし、去年3月に流星が耳につけていた青い天然石のピアスもエルからのプレゼントだったのだ。そしてエルのＴｗｉｔｔｅｒを真由子が遡って読んでいくと、誕生日に25本の真紅のバラの花束を流星にプレゼントしたと書いてあった。女性からの逆プロポーズみたいだ……。それ以外にもお酒好きの流星の為に、日本酒からハブ酒までたくさんのお酒を流星のマンションまで持ってきてプレゼントして、疲れた流星から頭のマッサージなども頼まれてしてあげたなど、詳細を書いて公開ツイートしていた。かなりの稼ぎがあると言われている美容インフルエンサーのエルに、流星は共同ビジネスを一緒にやる事を持ちかけられ、パラダイスアロマ店とＳＭ店の２つの副業を去年末で辞めたとも書いてあった。真由子も流星から新しいエステサロンの共同経営を、女性オーナーから誘われていると聞いたことがあったので、それがエルとの話だったんだと1年以上経って符合したのだった……。エルは、「私と彼はお付き合いを去年の10月から正式に始めた」と書いているが、そうなると1年以上毎週流星の部屋で過ごして、クリスマスイブも流星と過ごし、プラベから彼女になりましたと書き込みしていたR子ちゃんはどうなっているんだろう?……まったく流星みたいにたくさんの女性との絡みがある男は、真実が見えにくい。ただ一連の掲示板を読んで流星が、真由子が想像つかないくらい、複雑で、乱れた女性関係を持っている事だけは明白に分かった。

真由子は派遣社員としての仕事の契約が切れて、自宅にいる期間に流星のスキャンダラスな掲示板の書き込みを読んで大ショックを受けたのが、せめてもの救いだった。

真由子にとって光のような存在だと思っていた流星は、今やダークネスな闇に包まれた存在に変わり果ててしまった。神様がいるなら、真由子は、

（こんな残酷な事実を知りたくなかった……）

と直訴したい気持ちだった。

憂鬱な年末年始、松の内が過ぎても、真由子は新しい仕事を派遣会社に頼む気にもなれず、1月、2月と自宅で家事をこなして、ひっそりと静かに沈んだ気持ちのまま過ごした。


真由子の深く傷ついた心は、いつ回復出来るか。真由子は、しじゅうぼんやりとした状態だった。流星がセラピストを辞めて約2ヶ月、個人ＬＩＮＥはブロックされているので、流星の最近の様子は掲示板か、流星と現在お付き合いしてます宣言をした美容インフルエンサー34歳エルのＴｗｉｔｔｅｒやインスタに堂々と繰り広げられる彼への想いや惚気《のろけ》を読むだけが真由子の情報源となった。他のお客達が、書き込みを続けていた流星の個人スレッドも、

『もう、いい加減出尽くした感がある花川流星スレへの書き込みをやめましょう、これ以上の書き

込み禁止！』

との強い言葉で終了してしまった。

真由子は落ち込んでいる間に、再びツインレイやツインソウルについて、複数の電話霊感占い師に聞いてみたり、自分でも書籍をネットから何冊も購入した。それ以上にスマホでネット記事やツイン関連のＹｏｕＴｕｂｅの動画なども見て勉強した。

ツインレイで言うところのいわゆるサイレント期間に入ったのですよ。と言う占い師も複数いた。サイレント期間というのはツインレイには必ず訪れ、連絡も一切取れなくなる期間の事で、それもその魂同士の習熟度によって数ヶ月、１年、数年、数十年、中にはお互いが肉体を持って生きている間には再会出来ず、魂の統合は果たさないまま、宇宙空間や、再び巡り会う来世に持ち越されるらしい……。何ともスケールの大きな展開である。お互い会わないままでも心の中に存在し続け、互いを忘れ去る事はないのがツインレイという繋がりらしい。それぞれ個々で魂を成長させて、まず自分自身との統合を果たして次元上昇アセンションしてゆく、という形もあるらしい。あるスピリチュアル占い師の女性の先生は優しい声で、

「真由子さんと流星さんは、間違いなくツインレイ、そしてアセンションパートナーですよ」と、

仰った。

果たしてそうならば嬉しい事だが、真由子は流星から年末にＬＩＮＥで、

『もう関わることはないと思います。来世また生まれ変わったらちゃんとお付き合い出来るといいですね』

と送られて来ていた。だから流星はもう真由子と今世、再会する気はないと宣言されていたのだ。ツインレイって年齢差があってもずっと関わっていける存在なのかと思っていた真由子は、正直がっかりしたし、強い寂しさと失望も感じていた。ツインレイと同時に流星と真由子にはカルマメイトの役目もあったと言われた。カルマメイトとは、お互いに過去世から引き摺《ず》ってきた因縁を解消する相手だという。

数名のスピリチュアル占い師には、ズバリ「流星さんは真由子さんにとって偽ツインレイです」と言い切られるコトもあった。真由子は偽ツインレイと言われるのは、本物と信じて身につけている宝石を見て、「偽物ですね」と言われたようで、その解釈は受け入れ難かった。偽ツインも、深いソウルメイトでカルマを解消させてくれるお相手であるが、別れたら二度と会えず、魂の覚醒も起こらないと書いてあったので、真由子は別れてサイレント期間に精神が崩壊するまで落ち込み、新たな道を模索して立ち上がろうとしている自分のことを、本物ツイン

レイ女性の順調なプロセスと受け取った。スピリチュアルに関心のない方には、退屈な話かもしれないが、現在は「風の時代」と言われ、全世界で男女のツインレイに巡り合う人達が、増えているそうだ。

真由子は、スキャンダルな流星の事を不潔に感じ、強い嫌悪感で二度と許せないとも思っていたが、時間の経過と共に、それぞれの人生のプロセスを歩いているんだと理解するようになった。そうすると気持ちがうんと楽になった。人が苦しむのは、相手への執着をやめられない時や相手が自分の期待通りに動かない時だ。そして相手を許せないと思う強い否定の感情は、実は自分自身に跳ね返り突き刺さってキツいものとなる。だから、どんな状況や相手のことも、執着せずに大きな視点から広く見て許すこと、それが一番大事なようだ。

3月になった。2年前に流星に巡り会えたあれからちょうど2年だ。真由子は久しぶりにパラダイスアロマのホームページを開いて見てみた。

流星と共に去年末で数名のセラピストが退店しており、数名の以前からのセラピスト以外は、フレッシュな新人8人のプロフィール写真がズラリと並んで、新パラダイスアロマ店の様子はだいぶ変わっていた。流星は23歳の後半から25歳の前半までの約2年1ヶ月の在籍だったが、これくらいの在籍が平均か少し長いくらいで、パラダイスアロマのセラピストは、入れ替わりしていた。真由子はふと22歳のフレッシュなセラピスト研修生に目を止めた。

（爽やかな雰囲気の青年だなぁ……研修生は、期間中はマッサージ料金が半額以下だから会いに行ってみようかしら……）

いつの間にか真由子の顔は、フレッシュな研修生のプロフィール写真を眺めて、自然と笑顔になっていた。

（よし、今週の金曜日の夕方に新宿店に予約入れたわ）

その数日後の金曜日の夕方、新宿中央西口改札は混みあっていた。柱や壁に巨大な映像がうごめくデジタルサイネージの前には、サラリーマンや、女子会、学生、遊び人、親子などさまざまな人達が待ち合わせをしている。真由子は、チカチカと動く映像の前の男女が、一瞬自分と流星のように見えたが、もちろん腕を組んで歩きだしたカップルは別人であった。

トートバッグを肩からかけなおし、真由子は軽やかにパラダイスアロマ西新宿店に向かって歩き始めた。

完

あとがき

まるでリアル乙女ゲームのような東京フェイクLove♡

いくつ年を重ねても、ヒトは何かしらトキメキを求めて生きているのだと思います。そしてその人間の飽くなき欲望を満たす為の接客サービス業が生み出される現代社会、その先頭を走り続けている場所が、大都会東京の新宿歌舞伎町だったり、また都内にある女性用マッサージ店や、最近話題になる女性用風俗と言われる接客サービス業ではないでしょうか。

首都圏の郊外で生活して50代後半になった平凡な主婦の真由子が、ふとしたきっかけで思い切って都内のイケメンマッサージ店に出向く所から、この物語は始まります。そこで若くキラキラした今どきのイケメン流星に、真由子は少女のような一途な想いで50代後半という年齢など忘れて恋をしてゆきます。

人生後半に差し掛かって夢を見られなくなっていた真由子が、流星に恋をして、お客とセラピストの関係に対価を支払いながらも、素敵な夢を叶えていった……。私自身が体験したイケメンマッサージ店での楽しかった思い出を基に、そんな現代の東京で起こったファンタジーを、この東京フェイクＬｏｖｅ♡に物語として描きました。

夢のような体験と、後半に真由子が経験する地獄のような失恋の辛さもフルで、この物語を読む読者の方に感じて欲しいと思っています。

何歳になっても、ヒトは誰かに巡り会って、突然、激しい恋をする事が起こりえます。恋は、トキメキだけじゃなく必ず切なさや苦しさも一緒に経験するものですが、それこそが人生の華であり、宝物ではないでしょうか。

恋をすると世界は、まばゆいばかりに輝いて見えます。女性男性を問わず、より多くの方に真由子という50代後半のリアルな女性の恋を一緒にトキメキを感じて楽しんで読んで頂きたいと願っております。

２０２３年　９月吉日

川田レイ

〈著者紹介〉
川田レイ（かわだれい）
1963年生まれ。福岡市で育つ。福岡中央高校卒。
一男一女あり。幼少期より本好きの父親より、たくさんの本をプレゼントされ、読書が大好きな少女に育つ。40歳頃から生涯に一作は小説を書きたいという想いが強くなり今作が初めての小説となった。哲学、宗教、スピリチュアル関連の本をよく読む。趣味は映画鑑賞、K-POP音楽をYouTubeで見ること。ライブにも参戦する。最近はお一人様バスツアー参加も趣味に加えた。好奇心旺盛な美熟女である。

イラスト／ASAKO MAI

東京《とうきょう》フェイクLove♡
この恋《こい》は危険《きけん》

2023年10月29日　第1刷発行

著　者　　川田レイ
発行人　　久保田貴幸

発行元　　株式会社 幻冬舎メディアコンサルティング
〒151-0051　東京都渋谷区千駄ヶ谷4-9-7
電話　03-5411-6440（編集）

発売元　　株式会社 幻冬舎
〒151-0051　東京都渋谷区千駄ヶ谷4-9-7
電話　03-5411-6222（営業）

印刷・製本　中央精版印刷株式会社
装　丁　　弓田和則

検印廃止

Printed in Japan
ISBN 978-4-344-94645-3 C0093
幻冬舎メディアコンサルティングＨＰ
https://www.gentosha-mc.com/